Edition Weitbrecht

W0175533

Die Bibliothek von Babel

Idee und Design
von
Franco Maria Ricci

25. August 1983
und andere Erzählungen
von
Jorge Luis Borges

Mit einem Vorwort von
Martin Gregor-Dellin

CIP-Kurztitelaufnahme der Deutschen Bibliothek

Die Bibliothek von Babel: e. Sammlung phantast. Literatur /
hrsg. von Jorge Luis Borges. – Stuttgart: Edition Weitbrecht
NE: Borges, Jorge Luis [Hrsg.]
Bd. 5.→Borges, Jorge Luis: 25. [Fünfundzwanzigster]
August 1983 und andere Erzählungen

Borges, Jorge Luis:
25. [Fünfundzwanzigster] August 1983 und andere Erzählungen / Jorge Luis
Borges. [Dt. Übers. von Maria Bamberg und Dieter E. Zimmer]. –
Stuttgart: Edition Weitbrecht, 1983.
(Die Bibliothek von Babel; Bd. 5)
ISBN 3 522 71050 9

Vorwort von Martin Gregor-Dellin
© Martin Gregor-Dellin, Gröbenzell

Originaltitel der Erzählungen:
25 Agosto 1983
© Franco Maria Ricci, Mailand
Aus dem Spanischen von Maria Bamberg
© 1983 Edition Weitbrecht in K. Thienemanns Verlag, Stuttgart
La rosa de Paracelso
Tigres azules
Utopia de un hombre qu está causado
aus: Jorge Luis Borges: *Gesammelte Werke: Erzählungen 3*, Bd. 4
Aus dem Spanischen von Dieter E. Zimmer
La Biblioteca de Babel
nach der deutschen Übersetzung von Karl August Horst
bearbeitet von Gisbert Haefs
aus: Jorge Luis Borges: *Gesammelte Werke: Erzählungen Bd. 3/I*
© 1982 Carl Hanser Verlag, München, Wien
Abdruck mit freundlicher Genehmigung des Carl Hanser Verlages, München,
Wien

Design von Franco Maria Ricci und Marcella Boneschi, Mailand.
Den Text setzte die Alfred Utesch GmbH, Hamburg,
in der Bodoni 12 Punkt.
Reproduziert von Reisacher Repro, Stuttgart.
Gedruckt von Gutmann, Heilbronn.
Gebunden von Wilhelm Röck, Weinsberg.

Originalverlag und © Franco Maria Ricci Editore, Mailand

Vorwort

Jemand, der Jorge Luis Borges einleitet, kann sich nur wünschen, in seinem Text unauffällig zu verschwinden, um nicht unbescheidener zu sein als Borges selbst, der von sich sagt, daß selbst ihm nichts Geistiges gehöre, weil der Geist niemandes Eigentum sei. In seinem Gedächtnis, einem Universum von Worten, tauschen die Welten sich aus und wechseln ihre Plätze, ein Garten von Theben mit einer Thorarolle, ein Vogelzug und ein Tiger im Traum, Phantasie und Wirklichkeit. Am Ende erkennt der vollkommenste Idealist der Literatur in allem, was Wirklichkeit geworden ist, sich selbst. «Jemand», so heißt es im Epilog von Borges und ich, «setzt sich zur Aufgabe, die Welt abzuzeichnen. Im Laufe der Jahre bevölkert er einen Raum mit Bildern von Provinzen, Königreichen, Gebirgen, Buchten, Schiffen, Inseln, Fischen, Behausungen, Werkzeugen, Gestirnen, Pferden und Personen.

Kurz bevor er stirbt, entdeckt er, daß dieses geduldige Labyrinth aus Linien das Bild seines eigenen Gesichts wiedergibt.»

Die mythische Spur, die ein Mensch zurückläßt, wird in den Prosastücken von Borges und ich einmal mit einem Namen genannt: Shakespeare. Im Angesicht Gottes läßt Borges ihn sprechen: «Ich, der ich so viele Menschen gewesen bin, will nur einer und Ich sein.» Gott antwortet ihm: «Auch Ich bin nicht; ich habe die Welt geträumt, wie du, mein Shakespeare, dein Werk geträumt hast, und unter den Gebilden meines Traumes bist du, der du wie ich viele und niemand bist.»

Borges lehrt – oder wenn er nichts lehrt, so belehren ihn seine Texte –, daß es kein Ding gibt, das nicht rastloser Spiegelung und Widerspiegelung ausgesetzt wäre. In Spuren gehen, dem «Weltkreis von Symbolen» ausgeliefert sein, bedeutet für ihn, daß sich das Leben zum Typischen verdichtet. Seine dichterische Welt kennt keine Redundanz, das heißt, das Bezeichnete geht in der Bezeichnung vollkommen auf, es gibt keine Wiederholungen, aber der horizontalen Verkürzung entspricht eine vertikale Transparenz, die auf alles anspielt. Jede seiner Geschichten enthält unendliche Anspielungen, bei aller Verknappung. In den Stücken des Bandes Borges und ich verzichtet Borges sogar auf das gleichnishafte Versteckspielen, wie die Philosophie auf die Metapher verzichtet. Seine dichterische Präsenz in diesem Jahrhundert übergreift Epochen und Kulturkreise, auch wenn sich Jahreszahlen und Orte nennen lassen.

Jorge Luis Borges, 1899 geboren, trat 1924 an die Spitze einer Gruppe, genannt ‹Martin Fierro›, die es als ihre Aufgabe ansah, die Stimme des kreolischen Landes im Konzert der Literatur zur Geltung zu bringen. Es war die Zeit, da Borges sich der Gestalt des Gauchos bemächtigte, die bei ihm allerdings bald zur Kunstfigur wurde. Seine literarischen Fiktionen und Inquisitionen duften daher nicht in jenem Maße nach ‹Heimat›, wie er es ursprünglich selbst gefordert hatte. Eine der argentinischen Literatur in der ersten Jahrhunderthälfte vergleichbare Situation gibt es zwar in Europa nicht, doch kann man sagen, daß Borges die Gefahr des Provinzialismus für eine ihrer Latinität bewußte südamerikanische Dichtung im selben Augenblick durchschaute, als etwa in Deutschland Blut und Boden ausbrach. Borges übersetzte Franz Kafka; er lernte Europa kennen und den Orient; er versenkte sich in die manieristische Literatur, die Kunst des Labyrinths, und wandte sich einer modernen Phantastik zu, deren Grundformeln er entdeckte. So wurde die Welt, die er beschrieb, zum Spiegel der Welten.

Der erste Band Prosa, den Borges 1933 bis 1934 schrieb, Historia universal de la infamia, wies bereits eine Gemeinsamkeit mit den späteren Geschichten der Labyrinthe auf. Es war die spielerische Verwendung von vorgegebenem Material, soweit sich dieses in Legenden, Historien oder in der Literatur selbst mit einiger Beziehung zum Thema finden ließ. Borges versuchte, in Form von Etüden die «Weltchronik der Ruchlosigkeit» zu schreiben, eine universale Geschichte der Niedertracht mit

9

episodischem Anhang nebst einer eigenen Erzählung, der inzwischen berühmt gewordenen: Der
Mann von Esquina Rosada.
*Wir sehen einen Autor zwischen zwei Balanceakten
auf festem Grund. Das schwebende, nicht auslotbare, aber immerhin erprobte Gefilde der frühen
Lyrik war verlassen; die nicht weniger unergründli-
che, spiegelnde Sphäre seiner späten, absoluten
Prosa noch nicht erreicht. Der Versuch einer episo-
dischen Geschichte menschlicher Verhaltenswei-
sen, nach Vorwürfen, bedeutet die beschreitbare
Brücke zwischen beiden. Sie war schmal. Und
schon zeigte sich eine an Kleist gemahnende Kunst
anekdotischer Verkürzung, die über das bloße
Nacherzählen auf etwas ganz anderes hinauswill.
Bohrt man in einen unter Druck stehenden Wasser-
behälter ein Loch, so verläßt der Strahl den Behälter in Form einer Parabel. Es gibt Schlüsse bei
Borges, die gleich einem Becken die Kaskade des
Handlungsverlaufs auffangen: «In glücklicher Un-
kenntnis des Todes umstrich ihn einigermaßen
verdutzt eine Katze gewöhnlichster Sorte.» Oder:
«Sie jedoch hörten ihn nicht an und durchbohrten
ihn mit Lanzen.» Oder: «So endet die Geschichte
von den siebenundvierzig treuen Mannen – es sei
denn, sie habe kein Ende, weil die anderen Menschen, wir, die wir vielleicht nicht treu sind, aber
doch nie ganz die Hoffnung aufgeben, es zu sein,
ihnen fernerhin mit Worten Ehre erweisen.» Womit
die Grenzen der Nacherzählung gesprengt sind.
Noch konnte er nicht ahnen, welchen Abenteuern er
eines Tages ausgeliefert sein würde im Garten der*

Pfade, die sich verzweigen. Was er aber schon mit vierunddreißig Jahren erfand, war das Sesam-öffne-dich gewisser Stilfiguren und Bilder, und mehr als das: ein Lebensthema jenseits ruchloser Lebensläufe.

Die Erzählungen der Labyrinthe *vermittelten dann die merkwürdige Lese-Erfahrung, daß eine erfaßbare, klar angeschaute Figur, eine Person auf der Bühne der künstlerischen Phantasie, sich in ihr Gegenüber verliert und sich mit ihm auswechselt; daß der Leser gewahr wird, wie im weiteren Verlauf der Erzählung die individuellen Züge mehr und mehr auslöschen. Sein Blick, der zuerst auf ein Bild fiel, verliert sich in der Tiefe eines Spiegels. Man kehrt mit einem neuen Gefühl für Tiefen-Ordnung, für Perspektive in die Wirklichkeit zurück. Es geschieht da etwas, das man vorher so noch nicht erlebt hat: die Montage einer neuen Welt, die kein Vorher und Nachher, kein Oben und Unten, kein Heute und Vorgestern als unabweislich anerkennt, die nicht zwischen Mythos und Menschenwelt hin und her springt oder sich für eine dieser Ebenen entscheiden könnte, sondern die, provisorisch gesagt, dies alles zugleich ist. Eine Realität aus Neuem, zu Neuem, eine dreidimensionale Ordnung der Ereignisse, die Welt als Fabel. Eine Enharmonie im Spiel mit fiktivem Material wird erzielt durch eine Verwendung von Gegebenem, von Personen und Fakten, von Ideen und Ereignissen, die uns zunächst als durchaus wirklich erscheinen, nicht anders, als Götter und Mythen, Helden und Könige auf ihre durchlässige Weise wirklich sind, aber erhöht und verstärkt, da Borges die sogenannten Fakten außerhalb ihrer ursprünglichen Ordnung zu einer neuen montiert und so erst ihre eigentlichen stofflichen Energien zu neuen Leistungen und Evokationen freisetzt.*

Die Geltung von Borges beruht eben nicht auf Sprache und Stil allein. Er ist gegen «abergläubische Vergötzung des Stils» immer gewesen, da er an einen Weltgeist glaubt, der Literatur übersetzbar werden läßt. Sprache allein ist nicht übersetzbar; wir würden sonst nie von chinesischer oder japanischer Literatur auch nur einen Geschmack erhalten. Dagegen sind es die Symbole, die einem Dichter begegnen, und das, was mehr ist als Sprache, die Schicksale Quijotes und Sanchos, es können auch andre sein: der Verlauf, den eine Handlung nimmt, die Geschichte, die sich ein Leben zwischen Sternen, Flüssen und Augen sucht, gelenkt durch Mythen oder Mitteilungen aus Zeichen. Borges tadelt die Leser und Kritiker, die nach «Technikerien» suchen, um zu erfahren, «ob das Geschriebene ein Recht hat, ihnen zu gefallen oder nicht», die ihre Argumente nicht auf die Leistung des gesamten Mechanismus, sondern nur auf die Anordnung seiner Teile richten.

Ein Grund, sich mit Borges immer wieder zu beschäftigen, der dem Wesentlichen so nah ist und dem Nahen so fern, wird immer das Rätsel sein, das er mit seinem Wirklichkeitssinn aufgibt, das Geheimnis, warum er zum Beispiel damals fernab in der imaginären Mitte einer argentinischen Bibliothek so spezifisch europäische Phänomene wie den

Nationalsozialismus schon frühzeitig durchschaut hat; während wir doch wissen, welch absurde Mißverständnisse gerade darüber in Südamerika bestanden und noch heute bestehen.

Borges, zwei politisch-zeitgeschichtliche Bücher kommentierend, kommt zu der Einsicht: «Die Wirklichkeit ist immer anachronistisch.» Hitler, sagt er, sei ein Pleonasmus Carlyles und Fichtes, die sogenannten Tatsachen seien das «Ergebnis von Spekulationen», die zeitlich viel früher liegen. Das klingt verwunderlich, aber bei genauerem Hinsehen stellt sich heraus, daß auch die anachronistischen Katastrophen vollständig in den Spekulationen enthalten sind; daß die Vorentwürfe für Hitler und die Skizzen, die im neunzehnten Jahrhundert das zwanzigste andeuten, Hitlers Ende und Untergang mit einbeziehen und voraussagen. Also ist sein Erscheinen anachronistisch; alle hätten wissen müssen, wie es mit ihm ausgehen würde. In einer Anmerkung zum 23. August 1944 reflektiert Borges über das Verhalten der südamerikanischen Parteigänger des Nationalsozialismus und schließt auf Hitlers Untergang tiefenpsychologisch aus der selbstzerstörerischen Begeisterung seiner Anhänger – ihrem innerlich entsetzten Jubel bei Erfolgen, ihrem jubelnden Entsetzen bei Niederlagen. Denn: «Nazi zu sein (Barbar, Gaucho, Rothaut zu markieren) ist auf die Dauer geistig und moralisch unmöglich», schreibt Borges. «Der Nazismus krankt an Irrealität, wie die Höllen Erigenas. Er ist unbewohnbar.» Daher könne niemand seinen Sieg wirklich wünschen. Nicht einmal Hitler selbst.

Borges schreibt das, ohne Hitlers erst nach dem Krieg bekanntgewordene, 1938 in München gehaltene Rede vor der deutschen Presse zu kennen: «Das deutsche Volk», sagte Hitler, «hat dann später die Napoleonischen Kriege, die Freiheitskriege, es hat sogar einen Weltkrieg überstanden, sogar die Revolution – es wird auch mich überstehen!» Das Protokoll verzeichnet Gelächter und Beifall. Wie Wotan (oder Hagen, der er eigentlich war) tat Hitler alles, um sein eigenes Ende herbeizuführen. Bei Borges heißt es: «Hitler will besiegt werden. Hitler in seiner Verblendung kollaboriert mit den unentrinnbaren Heeren, die ihn vernichten werden; so wie die metallenen Geier und die Hydra (denen gewiß nicht verborgen blieb, daß sie Ungeheuer waren) auf geheimnisvolle Weise mit Herakles kollaborierten.» So sehen wir bei Borges Dichtung in Wahrheit übergehen. Von den literarischen Figuren seiner Essays hier zu sprechen erübrigt sich. Denn vor die Vielen tritt der Eine: Borges, der sich in ihnen erkennt und, indem er die Linien ihres Gesichtes, ihrer Profile nachzeichnet, langsam auslöscht, als sei er selbst überflüssig, als könne er ebensogut eine erdachte Gestalt sein, eine Art Demiurg, der sich zur Hervorbringung von Literatur nur solch wechselnder Namen wie Cervantes, Whitman, Quevedo oder Valéry bedient hat. Vielleicht ist es, vollendete Fiktion, eine von ihm geschaffene Gestalt. Man könnte auch sagen, Borges sei eine Erfindung von Borges.

Martin Gregor-Dellin

Die Bibliothek von Babel

> *By this art you may con-*
> *template the variation*
> *of the 23 letters...*
> The Anatomy of Melancholy,
> part 2, sect. II, mem. IV.

Das Universum, das andere die Bibliothek nennen, setzt sich aus einer undefinierten, womöglich unendlichen Zahl sechseckiger Galerien zusammen, mit weiten Entlüftungsschächten in der Mitte, die mit sehr niedrigen Geländern eingefaßt sind. Von jedem Sechseck aus kann man die unteren und oberen Stockwerke sehen: grenzenlos. Die Anordnung der Galerien ist unwandelbar dieselbe. Zwanzig Bücherregale, fünf breite Regale auf jeder Seite, verdecken alle Seiten außer zweien: ihre Höhe, die sich mit der Höhe des Stockwerks deckt, übertrifft nur wenig die Größe eines normalen Bibliothekars. Eine der freien Wände öffnet sich auf einen schmalen Gang, der in eine andere Galerie, genau wie die erste, genau wie alle, einmündet. Links und rechts am Gang befinden sich zwei winzigkleine Kabinette. In dem einen kann man im Stehen schlafen, in dem anderen seine Notdurft verrichten. Hier führt

die spiralförmige Treppe vorbei, die sich abgrund-
tief senkt und sich weit empor erhebt. In dem Gang
ist ein Spiegel, der den äußeren Schein verdoppelt.
Die Menschen schließen gewöhnlich aus diesem
Spiegel, daß die Bibliothek nicht unendlich ist
(wäre sie es in der Tat, wozu diese scheinhafte
Verdoppelung?); ich gebe mich lieber dem träume-
rischen Gedanken hin, daß die polierten Oberflä-
chen das Unendliche darstellen und verheißen . . .
Licht spenden ein paar kugelförmige Früchte, die
den Namen «Lampen» tragen. Es gibt deren zwei in
jedem Sechseck, seitlich angebracht. Das Licht, das
sie aussenden, ist unzureichend, unaufhörlich.
Wie alle Menschen der Bibliothek bin ich in meiner
Jugend gereist; ich habe die Fahrt nach einem Buch
angetreten, vielleicht dem Katalog der Kataloge;
jetzt können meine Augen kaum mehr entziffern,
was ich schreibe; ich bin im Begriff, nur ein paar
Meilen von dem Sechseck, wo ich geboren wurde,
zu sterben. Wenn ich tot bin, wird es nicht an
mitleidigen Händen fehlen, die mich über das
Geländer werfen werden; mein Grab wird die un-
auslotbare Luft sein; mein Leib wird immer tiefer
sinken und sich in dem von dem Sturz verursachten
Fallwind zersetzen und auflösen. Ich behaupte, daß
die Bibliothek kein Ende hat. Die Idealisten argu-
mentieren, daß die sechseckigen Säle eine notwen-
dige Form des absoluten Raums sind, oder zumindest unserer Anschauung vom Raum. Sie geben zu
bedenken, daß ein dreieckiger oder fünfeckiger
Saal unfaßbar ist. (Die Mystiker behaupten, daß
die Ekstase ihnen ein kreisförmiges Gemach offen-

bart, mit einem kreisförmigen Buch, dessen Rücken rund um die Wand läuft; doch ist ihr Zeugnis verdächtig; ihre Worte sind dunkel; dieses zyklische Buch ist Gott.) Für jetzt mag es genügen, wenn ich den klassischen Spruch zitiere: *Die Bibliothek ist eine Kugel, deren eigentlicher Mittelpunkt jedes beliebige Sechseck ist, und deren Umfang unzugänglich ist.*

Auf jede Wand jedes Sechsecks kommen fünf Regale; jedes Regal faßt zweiunddreißig Bücher gleichen Formats; jedes Buch besteht aus einhundertzehn Seiten, jede Seite aus vierzig Zeilen, jede Zeile aus achtzig Buchstaben von schwarzer Farbe; Buchstaben finden sich auch auf dem Rücken jeden Buches; doch bezeichnen diese Buchstaben nicht, deuten auch nicht im voraus an, was die Seiten sagen werden. Ich weiß, daß dieser fehlende Zusammenhang zuweilen mysteriös angemutet hat. Bevor ich die Lösung, deren Entdeckung trotz ihrer tragischen Auswirkungen wohl der Hauptgegenstand der Geschichte ist, in gedrängter Form wiedergebe, will ich ein paar Axiome ins Gedächtnis zurückrufen.

Erstes Axiom: Die Bibliothek existiert *ab aeterno*. An dieser Wahrheit, aus der unmittelbar die künftige Ewigkeit der Welt folgt, kann kein denkender Verstand zweifeln. Der Mensch, der unvollkommene Bibliothekar, mag vom Zufall oder von den böswilligen Dämonen bewirkt sein; das Universum, so elegant ausgestattet mit Regalen, mit rätselhaften Bänden, mit unerschöpflichen Treppen für den umherwandernden und mit kleinen Stufen für den sitzenden Bibliothekar, kann nur durch einen Gott bewirkt sein. Um die Kluft, die zwischen dem Menschlichen und dem Göttlichen liegt, so recht zu ermessen, braucht man nur die zittrigen Zeichen, die meine hinfällige Hand auf den Einband eines Buches krakelt, mit den organischen Lettern im Inneren zu vergleichen: gestochen, feingeschwungen, tiefschwarz, unnachahmlich symmetrisch stehen sie da.

Zweites Axiom: Die Anzahl der orthographischen Symbole ist fünfundzwanzig[1]. Diese Feststellung ermöglichte es vor dreihundert Jahren, die allgemeine Theorie der Bibliothek in Worte zu fassen, und das Problem, das keine Konjektur entschlüsselt hatte, befriedigend zu lösen: die formlose und chaotische Beschaffenheit nämlich fast aller Bücher. Eines, das mein Vater in einem Sechseck des Umgangs fünfzehnhundertvierundneunzig erblickte, bestand aus den Buchstaben M C V, die sinnlos von der ersten bis zur letzten Seite wiederkehrten. Ein anderes (das in dieser Zone sehr gefragt war) ist ein reines Buchstabenlabyrinth, aber auf der vorletzten Seite steht: *O Zeit, deine Pyramiden.* Man ersieht hieraus: auf eine einzige verständliche Zeile oder eine richtige Bemerkung entfallen Meilen sinnloser Kakophonien, sprachlichen Kauderwelschs, zusammenhanglosen Zeugs.

---

1 Das Originalmanuskript enthält weder Kursivschrift noch Majuskeln. Die Interpunktion ist auf Komma und Punkt beschränkt worden. Diese beiden Zeichen, der Raum und die dreiundzwanzig Buchstaben des Alphabets, sind die 25 ausreichenden Symbole, die der Unbekannte aufzählt.

(Ich weiß von einer wilden Region, in der die Bibliothekare die abergläubische und eitle Jagd nach dem Sinn in Büchern verschmähen und die Lektüre auf die gleiche Stufe mit Traumdeuterei und Handlesekunst stellen... Sie geben zwar zu, daß die Erfinder der Schrift die fünfundzwanzig Natursymbole nachgeahmt haben; sie behaupten jedoch, daß diese Anwendung zufällig sei und die Bücher an sich nichts bedeuteten. Diese Anschauung geht, wie man sehen wird, nicht völlig fehl.) Lange Zeit hindurch war man des Glaubens, daß diese undurchdringlichen Bücher in vergangenen oder fernabliegenden Sprachen ihre Entsprechung hätten. Allerdings haben die frühesten Menschen, die ersten Bibliothekare, eine von der heute gesprochenen recht verschiedene Sprache benutzt; richtig ist auch, daß ein paar Meilen weiter nach rechts die Sprache mundartlich und daß sie neunzig Stockwerke höher unverständlich ist. All das, ich wiederhole, ist richtig, aber vierhundertundzehn Seiten, auf denen unwandelbar M C V wiederkehrt, können mit keiner auch noch so mundartlichen oder unentwickelten Sprache in Zusammenhang stehen. Einige wollten wissen, daß jeder Buchstabe auf den nächstfolgenden Einfluß nehme, und daß der Stellenwert von M C V in der dritten Zeile auf Seite 71 nicht der ist, den dieselbe Buchstabenreihe in anderer Stellung auf einer anderen Seite haben kann; aber diese vage These fruchtete nicht. Andere dachten an Kryptogramme; diese Deutung hat sich allgemein durchgesetzt, wenn auch nicht in der Bedeutung, wie ihre Erfinder sie verstanden.

19

Vor fünfhundert Jahren stieß der Chef eines höheren Sechsecks[2] auf ein Buch, das so verworren war wie die anderen, das jedoch fast zwei Bogen gleichartiger Zeilen aufwies. Er zeigte seinen Fund einem ambulanten Entzifferer, der zu ihm sagte, sie seien auf Portugiesisch abgefaßt; andere sagten dagegen, auf Jiddisch; bevor ein Jahrhundert um war, konnte die Sprachform bestimmt werden: es handelte sich um einen samojedisch-litauischen Dialekt, mit einem Einschlag von klassischem Arabisch. Auch der Inhalt wurde entschlüsselt: es waren Begriffe der kombinatorischen Analysis, dargestellt an Beispielen sich unbegrenzt wiederholender Variationen. Diese Beispiele setzten einen genialen Bibliothekar instand, das Fundamentalgesetz der Bibliothek zu entdecken. Und zwar stellte dieser Denker fest, daß sämtliche Bücher, wie verschieden sie auch sein mögen, aus den gleichen Elementen bestehen: dem Raum, dem Punkt, dem Komma, den zweiundzwanzig Lettern des Alphabets. Auch führte er einen Umstand an, den alle Reisenden bestätigt haben: *In der ungeheuer weiträumigen Bibliothek gibt es nicht zwei identische Bücher.* Aus diesen unwiderleglichen Prämissen folgerte er, daß die Bibliothek total ist und daß ihre Regale alle irgend möglichen Kombinationen der zwanzig und soviel orthographischen Zeichen (deren Zahl, wenn

---

2 Ursprünglich kam auf je drei Sechsecke ein Mann. Fälle von Selbstmord und Lungenkrankheit haben diese Proportion zerstört. Unsagbar schwermütige Erinnerung: manchmal bin ich nächtelang über blanke Gänge und Treppen geirrt, ohne einen einzigen Bibliothekar zu finden.

auch außerordentlich groß, nicht unendlich ist) verzeichnen, mithin alles, was sich irgend ausdrükken läßt: in sämtlichen Sprachen.

Alles: die bis ins einzelne gehende Geschichte der Zukunft, die Autobiographien der Erzengel, den getreuen Katalog der Bibliothek, Tausende und Abertausende falscher Kataloge, den Nachweis ihrer Falschheit, den Nachweis der Falschheit des echten Katalogs, das gnostische Evangelium von Basilides, den Kommentar zu diesem Evangelium, den Kommentar zum Kommentar dieses Evangeliums, die wahrheitsgetreue Darstellung deines Todes, die Übertragung jeden Buches in sämtliche Sprachen, die Interpolationen jeden Buches in allen Büchern. Als verkündet wurde, daß die Bibliothek alle Bücher umfasse, war der erste Eindruck ein überwältigendes Glücksgefühl. Alle Menschen wußten sich Herren über einen unversehrten und geheimen Schatz. Es gab kein persönliches, kein Weltproblem, dessen beredte Lösung nicht existierte: in irgendeinem Sechseck. Das Universum war gerechtfertigt, das Universum bemächtigte sich mit einem Schlag der schrankenlosen Dimensionen der Hoffnung. In dieser Zeit war viel die Rede von «Rechtfertigungen»: apologetische und prophetische Bücher rechtfertigten für immer die Taten jedes Menschen auf Erden, hüteten wundersame Arcana für seine Zukunft. Tausende, die es nach Rechtfertigung gelüstete, verließen ihr trautes Heimatsechseck und jagten die Treppen empor, von dem eitlen Vorsatz getrieben, Rechtfertigung zu finden.

Diese Pilger disputierten in den engen Gängen,

stießen dunkle Verwünschungen aus, erwürgten sich auf den göttlichen Stiegen, schleuderten die gleisnerischen Bücher auf den Grund der Tunnels, starben, hinabgestürzt von den Menschen weit entlegener Regionen. Andere wurden wahnsinnig... Die Rechtfertigungen existieren: ich habe zwei gesehen, die sich auf künftige Personen, auf womöglich nicht bloß imaginäre Personen beziehen, aber die Sucher bedachten nicht, daß die Chance, daß ein Mensch die seine oder eine schnöde Spielart der seinen findet, gleich Null ist.

Auch erhoffte man sich Aufschluß über die Grundgeheimnisse der Menschheit: den Ursprung der Bibliothek und der Zeit. Wahrscheinlich lassen sich diese gewichtigen Mysterien in Worten erläutern; wenn die Sprache der Philosophen nicht ausreicht, mag die Bibliothek die unerhörte Sprache, die dazu erforderlich ist, hervorgebracht haben, sowie die Wörterbücher und Grammatiken dieser Sprache. Schon vier Jahrhunderte lang durchstöbern die Menschen vergeblich die Sechsecke... Es gibt amtliche Sucher, *Inquisitoren.* Ich habe gesehen, wie sie ihres Amtes walteten: sie machen immer einen strapazierten Eindruck, sie sprechen von einer Treppe ohne Stufen, die sie fast getötet hätte, von Galerien und Treppen mit dem Bibliothekar; manchmal greifen sie nach dem Buch, das ihnen am nächsten zur Hand ist und blättern darin auf der Suche nach ruchlosen Wörtern. Offensichtlich hofft niemand, irgend etwas zu entdecken.

Auf die überschwengliche Hoffnung folgte ganz natürlich übermäßige Verzagtheit. Die Gewißheit, daß irgendein Regal in irgendeinem Sechseck kostbare Bücher berge, daß aber diese Bücher unzugänglich seien, erschien nahezu unerträglich. Eine Lästerersekte schlug vor, man solle die Suche einstellen, alle Menschen sollten Buchstaben und Zeichen so lange durcheinanderwürfeln, bis sie auf Grund eines unwahrscheinlichen Zufalls diese kanonischen Bücher zusammenbrächten. Die Behörden sahen sich gezwungen, strenge Anordnungen zu erlassen. Die Sekte verschwand, aber in meiner Kindheit sah ich alte Männer, die lange auf dem Abtritt verweilten, mit ein paar Metallscheiben in einem verbotenen Würfelbecher, kraftlos bemüht, der göttlichen Unordnung zu steuern.

Andere waren umgekehrt der Meinung, zuallererst müßten die überflüssigen Bücher ausgemerzt werden. Sie brachen in die Sechsecke ein, zeigten nicht immer falsche Beglaubigungsschreiben vor, blätterten verdrossen in einem Band und verdammten ganze Regale. Ihr hygienischer Asketeneifer trägt die Schuld daran, daß Millionen Bücher sinnlos vernichtet wurden. Heute sind ihre Namen ein Greuel; wer aber die Thesauri beklagt, die ihrer Wut zum Opfer fielen, übersieht zwei allbekannte Tatsachen; die eine: die Bibliothek ist so gewaltig an Umfang, daß jede Schmälerung durch Menschenhand verschwindend gering ist. Die andere: jedes Exemplar ist zwar einzig, unersetzlich, aber da die Bibliothek total ist, gibt es immer einige Hunderttausende unvollkommener Faksimiles, und zwar von Werken, die nur in einem Buchstaben oder Komma voneinander abweichen. Entgegen der allgemeinen Anschauung wage ich die Vermutung, daß die Folgen der von diesen Säuberern verübten Plünderungen wegen des Entsetzens über diese Fanatiker zu hoch eingeschätzt worden sind. Sie waren von dem Wahn getrieben, die Bücher des Scharlachroten Sechsecks zu erobern: Bücher kleineren Formats als die natürlichen: allmächtig, erlaucht und magisch.

Auch wissen wir von einem anderen Aberglauben jener Zeit: dem an den *Mann des Buches*. In irgendeinem Regal irgendeines Sechsecks (so dachten die Menschen) muß es ein Buch geben, das Inbegriff und Auszug *aller* ist: ein Bibliothekar hat es geprüft und ist Gott ähnlich. In der Sprache dieser Zone haben sich noch Spuren des jenem zeitentfernten Beamten geweihten Kults erhalten. Viele begaben sich auf Pilgerschaft nach ihm. Ein Jahrhundert lang schlugen sie umsonst die verschiedensten Richtungen ein. Wie sollte man auch das verehrte Geheim-Sechseck orten, das ihn beherbergte? Jemand schlug eine regressive Methode vor: um das Buch A zu lokalisieren, muß man zuvor ein Buch B heranziehen, das den Ort von A angibt; um das Buch B zu lokalisieren, muß man zuvor ein Buch C und so ins Unendliche... Mit dergleichen Abenteuern habe ich meine Jahre verschleudert

---

3 Ich wiederhole: die bloße Möglichkeit eines Buches ist hinreichend für sein Dasein. Nur das Unmögliche ist ausgeschlossen. Zum Beispiel: kein Buch ist zugleich eine Treppe, obwohl es bestimmt Bücher gibt, die diese Möglichkeit erörtern, leugnen oder beweisen, und andere, deren Struktur einer Treppe entspricht.

und verzehrt. Ich halte es nicht für unwahrscheinlich, daß es in irgendeinem Regal des Universums ein totales Buch gibt[3], ich flehe zu den unerkannten Göttern, es möge einen Menschen geben – einen einzigen, und habe er vor tausend Jahren gelebt –, der es untersucht und gelesen hat. Wenn Ehre, Weisheit und Glück nicht für mich sind, mögen sie es für andere sein. Möge der Himmel existieren, auch wenn mein Ort die Hölle ist. Mag ich beschimpft und zunichte werden, aber möge in einem Augenblick, in einem Sein Deine ungeheure Bibliothek ihre Rechtfertigung finden.

Die Pietätlosen behaupten, daß in der Bibliothek der Unsinn an der Tagesordnung ist und daß das Vernunftgemäße (ja selbst das schlicht und recht Zusammenhängende) eine fast wundersame Ausnahme bildet. Sie sprechen (ich weiß es) von der «fiebernden Bibliothek», deren Zufallsbände ständig in Gefahr schweben, sich in andere zu verwandeln und alles behaupten, leugnen und durcheinanderwerfen wie eine delirierende Gottheit. Diese Worte, die nicht nur die Unordnung entlarven, sondern sie mit einem Beispiel belegen, liefern einen notorischen Beweis ihres grundschlechten Geschmacks und ihrer verzweifelten Unwissenheit. In der Tat birgt die Bibliothek alle Wortstrukturen, alle im Rahmen der fünfundzwanzig orthographischen Symbole möglichen Variationen, aber nicht *einen* absoluten Unsinn. Es erübrigt sich zu bemerken, daß der beste Band der vielen Sechsecke, die ich verwalte, *Gekämmter Donner* betitelt ist und ein anderer *Gipskrampf* und wieder ein anderer *Axa-*

xas Mlö. Diese auf den ersten Blick unzusammen-
hängenden Wortfügungen entbehren gewiß nicht
einer kryptographischen oder allegorischen Rechtfertigung; diese Rechtfertigung verbaler Art figu-
riert – *ex hypothesi* – bereits in der Bibliothek. Ich
kann nicht etliche Schriftzeichen kombinieren

dhcmrlchtdj,

die nicht die göttliche Bibliothek bereits vorausge-
sehen hat und die in irgendeiner ihrer Geheimspra-
chen einen furchtbaren Sinn bergen. Niemand ver-
mag eine Silbe zu artikulieren, die nicht voller
Zärtlichkeiten und Schauer ist, die nicht in irgendeiner dieser Sprachen der gewaltige Name eines
Gottes ist. Sprechen heißt in Tautologien verfallen.
Diese überflüssige und wortreiche Epistel existiert
bereits in einem der dreißig Bände der fünf Regale
eines der unzähligen Sechsecke – und auch ihre
Widerlegung. Eine Zahl möglicher Sprachen verwendet den gleichen Wortschatz: in einigen läßt
das Symbol *Bibliothek* die korrekte Definition zu:
*überall vorhandenes und fortdauerndes System
sechseckiger Galerien,* aber *Bibliothek* ist *Brot* oder
Pyramide oder irgend etwas anderes, und die sieben Wörter, die sie definieren, haben einen anderen
Bedeutungswert. Bist du, Leser, denn sicher, daß
du meine Sprache verstehst?
Die methodische Schrift zieht mich von der gegenwärtigen Verfassung der Menschen ab. Die Gewißheit, daß alles geschrieben ist, macht uns zunichte
oder zu Phantasmen. Ich kenne Bezirke, in denen

die Jungen sich vor den Büchern niederwerfen und mit ungezügelter Wildheit die Seiten küssen, aber nicht einen Buchstaben verstehen. Die Epidemien, die ketzerischen Zwistigkeiten, die Pilgerzüge, die unvermeidlich in Freibeuterei ausarten, dezimierten die Bevölkerung. Ich glaube, ich sprach schon von den Selbstmorden, die jedes Jahr häufiger werden. Vielleicht spielen mir Alter und Ängstlichkeit einen Streich: aber ich hege die Vermutung, daß die Menschenart – die einzige, die es gibt – im Aussterben begriffen ist und daß die Bibliothek fortdauern wird: erleuchtet, einsam, unendlich, vollkommen, unbeweglich, gewappnet mit kostbaren Bänden, überflüssig, unverweslich, geheim.

Ich schrieb: *unendlich.* Nicht aus rhetorischer Gewohnheit ist mir dieses Adjektiv in die Feder geflossen; es ist nicht unlogisch, zu denken, daß die Welt unendlich ist. Wer sie für begrenzt hält, postuliert, daß an weit entfernten Orten die Gänge und Treppen und Sechsecke auf unfaßliche Art aufhören, was absurd ist. Wer sie für schrankenlos hält, vergißt, daß die mögliche Zahl der Bücher Schranken setzt. Ich bin so kühn, folgende Lösung des Problems zu bedenken zu geben: *Die Bibliothek ist schrankenlos und periodisch.* Wenn ein ewiger Wanderer sie in irgendeiner beliebigen Richtung durchmessen würde, würde er nach Ablauf einiger Jahrhunderte feststellen, daß dieselben Bände in derselben Unordnung wiederkehren (die, wiederholt, eine Ordnung wäre, der *Ordo).* Meine Einsamkeit gefällt sich in dieser eleganten Hoffnung.

1941, Mar del Plata.

Auf der Uhr des kleinen Bahnhofs sah ich, daß es nach elf Uhr abends war. Ich ging zu Fuß zum Hotel. Wie sonst auch hatte ich ein Gefühl der Genüge und der Erleichterung, das uns eine wohlvertraute Umgebung einflößt. Das breite Tor stand offen, das Grundstück lag im Dunkel. Ich betrat die Halle, deren bleiche Spiegel die Pflanzen im Salon verdoppelten. Seltsamerweise erkannte mich der Hotelbesitzer nicht und legte mir das Gästebuch vor. Ich nahm den am Pult befestigten Federhalter, tauchte ihn in das bronzene Tintenfaß, und als ich mich über das geöffnete Buch beugte, erlebte ich die erste Überraschung von den vielen, die diese Nacht mir noch bereiten sollte. Mein Name, *Jorge Luis Borges*, stand dort bereits geschrieben, und die Tinte war noch frisch.

Der Besitzer sagte:

«Ich dachte, Sie seien schon nach oben gegangen.»

Dann sah er mich genauer an und verbesserte sich:
«Verzeihung, Señor. Der andere ist Ihnen so ähnlich, aber Sie sind jünger.»
Ich fragte:
«Welches Zimmer hat er?»
«Er hat das Zimmer Nr. 19 verlangt», war die Antwort.
Das hatte ich befürchtet.
Ich ließ den Federhalter fallen und lief die Treppe hinauf. Zimmer 19 lag im zweiten Stockwerk, mit Blick auf einen kümmerlichen, leergeräumten Hof mit einem Geländer und, daran erinnere ich mich, einer Parkbank. Es war das oberste Zimmer des Hotels. Ich öffnete die Tür und trat ein. Man hatte die Deckenbeleuchtung nicht ausgeschaltet. Unter dem erbarmungslosen Licht erkannte ich mich. Rücklings auf dem schmalen Eisenbett, älter, abgemagert und sehr blaß lag ich, die Augen auf die Stuckprofile in der Höhe gerichtet. Die Stimme drang zu mir. Es war nicht genau meine, sondern ungefähr so, wie ich sie von meinen Tonbandaufnahmen gewohnt bin, unfreundlich, ohne Zwischentöne.
«Merkwürdig», sagte die Stimme. «Wir sind zwei, und wir sind ein und derselbe. Aber im Traum ist nichts merkwürdig.»
Ich fragte erschrocken:
«Dann ist dies alles ein Traum?»
«Ich bin sicher, es ist mein letzter Traum.»
Er wies auf das leere Fläschchen auf der Marmorplatte des Nachttischs:
«Du dagegen wirst noch viel zu träumen haben,

bevor du an diese Nacht gelangst. Welches Datum hast du?»

«Ich weiß nicht recht», sagte ich verwirrt. «Aber gestern wurde ich einundsechzig Jahre alt.»

«Wenn dein Wachen bis zu dieser Nacht gelangt ist, wirst du gestern vierundachtzig geworden sein. Heute haben wir den 25. August 1983.»

«So viele Jahre muß ich noch warten», murmelte ich.

«Mir bleibt nichts mehr», sagte er barsch.

«Jeden Augenblick kann ich sterben, mich in dem verlieren, wovon ich nichts weiß, und ich träume immer noch vom Doppelgänger. Das abgedroschene Thema, das ich von den Spiegeln habe und von Stevenson.»

Ich empfand die Erwähnung Stevensons als einen Abschied und nicht als Schulmeisterei. Ich war er und verstand ihn. Auch noch so dramatische Augenblicke lassen einen nicht zu Shakespeare werden und denkwürdige Aussprüche finden. Um ihn abzulenken, sagte ich:

«Ich wußte, daß dir das zustoßen würde. Hier, in einem der unteren Zimmer, begannen wir vor Jahren mit dem Entwurf dieser Selbstmordgeschichte.»

«Ja», sagte er langsam, als ob er Erinnerungen sammelte, «aber ich sehe den Zusammenhang nicht. In jenem Entwurf hatte ich eine einfache Fahrkarte nach Adrogué gelöst und einmal im Hotel Delicias war ich nach oben ins Zimmer Nummer 19 gegangen, das abseits von den anderen lag. Dort hatte ich mich umgebracht.»

«Deshalb bin ich hier», sagte ich.

«Hier? Wir sind immer hier. Hier träume ich dich in dem Haus in der Calle Maipú. Von hier, aus Mutters Zimmer, gehe ich gerade weg.»

«Mutters Zimmer», wiederholte ich und wollte nicht verstehen.» Ich träume dich in Zimmer Nummer 19, im oberen Stockwerk.»

«Wer träumt wen? Ich weiß, daß ich dich träume, aber ich weiß nicht, ob du mich träumst. Das Hotel in Adrogué wurde vor vielen Jahren abgerissen, vor zwanzig, vielleicht vor dreißig. Wer weiß?»

«Der Träumer bin ich», versetzte ich herausfordernd. «Ist dir nicht klar, daß es darauf ankommt, herauszufinden, ob nur einer träumt oder zwei einander träumen?»

«Ich bin Borges, der deinen Namen im Gästebuch sah und hier heraufkam.»

«Borges bin ich, und ich sterbe gerade in der Calle Maipú.»

Es wurde still. Dann sagte der andere:

«Machen wir die Probe. Welches war der schrecklichste Augenblick unseres Lebens?»

Ich beugte mich über ihn, und wir beide sprachen gleichzeitig. Ich weiß, wir logen beide.

Ein schwaches Lächeln erhellte sein gealtertes Gesicht. Ich spürte, daß dieses Lächeln irgendwie meines widerspiegelte.

«Wir haben uns angelogen», sagte er, «weil wir als zwei und nicht als einer fühlen. In Wahrheit sind wir zwei und sind einer.»

Die Unterhaltung ärgerte mich. Ich sagte es ihm und fügte hinzu:

«Und du, wirst du mir 1983 nichts über die Jahre enthüllen, die mir noch fehlen?»

«Was soll ich dir sagen, armer Borges! Die Plagen, an die du schon gewohnt bist, werden immer wiederkommen. Du wirst in diesem Haus allein bleiben. Du wirst die Bücher ohne Buchstaben berühren, und das Medaillon von Swedenborg und das Etui mit dem Bundesverdienstkreuz. Blindheit ist nicht Finsternis, sie ist eine Form der Einsamkeit. Du wirst nach Island zurückkehren.»

«Island! Das Island im Meer!»

«In Rom wirst du die Verse von Keats wieder aufsagen, dessen Name, wie alle Namen, ins Wasser geschrieben war.»

«Ich bin nie in Rom gewesen.»

«Es geschieht noch mehr. Du wirst unser bestes Gedicht schreiben, eine Elegie.»

«Auf den Tod von...», sagte ich. Ich wagte den Namen nicht auszusprechen.

«Nein. Sie wird länger bleiben als du.»

Wir schwiegen. Er fuhr fort:

«Du wirst das Buch schreiben, von dem wir so lange geträumt haben. Um 1979 wirst du begreifen, daß dein angebliches Werk nichts weiter ist als eine Reihe von Entwürfen, Entwürfen für alles Mögliche, und du wirst der eitlen und irrgläubigen Versuchung nachgeben, dein großes Buch zu schreiben. Der Irrglaube, der uns den Faust von Goethe zugefügt hat, *Salammbô*, den *Ulysses*. Ich habe unglaublich viele Seiten vollgeschrieben.»

«Und am Ende hast du begriffen, daß du nichts zustande gebracht hast.»

«Schlimmer. Ich begriff, daß es ein Meisterwerk war in des Wortes überwältigendster Bedeutung. Meine guten Vorsätze hatten die ersten Seiten nicht überdauert; auf den folgenden standen dann die Labyrinthe, die Messer, der Mann, der sich für ein Abbild, das Spiegelbild, das sich für wirklich hält, der Tiger der Nächte, die Schlachten, die im Blut wieder aufleben, Juan Muraña, der blinde, unselige, Macedonios Stimme, das Schiff, gebaut aus den Nägeln der Toten, das Altenglische, wieder aufgesagt an den Abenden.»

«Dies Museum ist mir vertraut», bemerkte ich nicht ohne Ironie.

«Dazu die falschen Erinnerungen, das Doppelspiel der Symbole, die langen Aufzählungen, die glatte Handhabung der Phantasielosigkeit, die unvollkommenen Symmetrien, die die Kritiker mit Jubel aufspüren, die nicht immer falschen Zitate.»

«Hast du das Buch veröffentlicht?»

«Ich spielte ohne Überzeugung mit der melodramatischen Absicht, es zu vernichten, vielleicht zu verbrennen. Schließlich veröffentlichte ich es unter einem Pseudonym in Madrid. Man sprach von einem plumpen Nachäffer von Borges, der leider nicht Borges wäre, nur äußerlich sein Vorbild kopiert hätte.»

«Das wundert mich nicht», sagte ich, «jeder Schriftsteller wird am Ende sein schlechtester Schüler.»

«Jenes Buch war einer der Wege, die mich bis zu dieser Nacht geführt haben. Was die übrigen betrifft... Die Demütigung des Alters, die Überzeugung, jeden Tag schon einmal erlebt zu haben. . .»

«Ich werde das Buch nicht schreiben», sagte ich.

«Du wirst. Meine Worte, jetzt Gegenwart, werden kaum mehr als die Erinnerung an einen Traum sein.»

Mich ärgerte sein dogmatischer Ton, zweifellos der, den ich in meinen Kursen gebrauche. Mich ärgerte, daß wir uns so ähnlich waren und daß er die Straffreiheit ausnutzte, die ihm die Nähe des Todes gewährte. Um mich zu rächen, sagte ich:

»Bist du so sicher, daß du sterben wirst?»

«Ja», antwortete er. «Ich verspüre eine Art von Süße und Erleichterung, wie ich sie noch nie verspürt habe. Ich kann sie nicht vermitteln. Alle Worte bedürfen einer gemeinsamen Erfahrung. Warum scheint dich das, was ich sage, so zu ärgern?»

«Weil wir uns so ähnlich sind. Ich hasse dein Gesicht, das meine Karikatur ist, ich hasse deine Stimme, die mich nachäfft, ich hasse deinen geschwollenen Satzbau, der der meine ist.»

«Ich auch», sagte der andere. «Darum habe ich beschlossen, Selbstmord zu begehen.»

Vom Grundstück her zwitscherte ein Vogel.

«Es ist der letzte», sagte der andere.

Er winkte mich an seine Seite. Seine Hand suchte meine. Ich wich zurück; ich fürchtete, die beiden Hände würden verschmelzen.

Er sagte:

«Die Stoiker lehren, daß wir uns nicht über das Leben beklagen sollen; die Tür des Kerkers steht offen. Ich habe das immer so verstanden, aber

Trägheit und Feigheit ließen mich zögern. Vor etwa zwölf Tagen hielt ich in La Plata einen Vortrag über das VI. Buch der Äneis. Plötzlich, während ich einen Hexameter skandierte, wußte ich, welches mein Weg ist. Ich faßte den Entschluß. Seit jenem Augenblick habe ich mich unverwundbar gefühlt. Mein Los wird das deine sein; du wirst eine jähe Offenbarung mitten im Latein und im Vergil erfahren, und sogleich wirst du dies sonderbare Zwiegespräch ganz vergessen haben, das sich in zwei Zeiten und an zwei Orten abspielt. Wenn du es wieder träumst, wirst du der sein, der ich bin, und du wirst mein Traum sein.»

«Ich werde es nicht vergessen und es morgen niederschreiben.»

«Es wird auf dem Grund deiner Erinnerung bleiben, unter den Gezeiten der Träume. Wenn du es niederschreibst, wirst du meinen, eine phantastische Geschichte zu weben. Morgen wird es noch nicht sein. Dir fehlen noch viele Jahre.»

Er hielt inne. Ich begriff, er war tot. Ich starb gewissermaßen mit ihm; kummervoll neigte ich mich über das Kissen, und es war niemand mehr da.

Ich floh aus dem Zimmer. Draußen war kein Hof, keine Marmortreppe, kein großes stilles Haus, keine Eukalyptusbäume, keine Statuen, keineWeinlaube, weder Springbrunnen noch das Tor in der Umfriedung des Grundstücks in Adrogué.

Draußen warteten andere Träume auf mich.

Die Rose des Paracelsus

De Quincey: Writings XIII, 345

In seiner Werkstatt, die die beiden Kellerzimmer
umfaßte, bat Paracelsus seinen Gott, seinen unbe-
stimmten Gott, irgendeinen Gott, daß er ihm einen
Schüler schicke. Es wurde Abend. Das spärliche
Feuer im Kamin warf unregelmäßige Schatten.
Aufzustehen, um die Eisenlampe anzuzünden, war
zuviel Mühe. Geistesabwesend vor Müdigkeit, ver-
gaß Paracelsus sein Bittgebet. Die Nacht hatte die
staubigen Alembiks und den Athanor ausgelöscht,
als es an die Tür klopfte. Schläfrig erhob sich der
Mann, stieg die kurze Wendeltreppe empor und
öffnete einen Türflügel. Ein Unbekannter trat ein.
Auch er war sehr müde. Paracelsus wies ihn zu
einer Bank; der andere setzte sich und wartete. Eine
Zeitlang wechselten sie kein Wort.
Der Meister sprach als erster.
«Ich erinnere mich an Gesichter des Okzidents und
an Gesichter des Orients», sagte er nicht ohne eine

gewisse Feierlichkeit. «An deins erinnere ich mich nicht. Wer bist du, und was willst du von mir?»

«Mein Name tut nichts zur Sache», erwiderte er. «Drei Tage und drei Nächte bin ich gewandert, um in dein Haus zu gelangen. Ich möchte dein Schüler sein. Ich habe dir all meinen Besitz mitgebracht.» Er holte einen Leinenbeutel hervor und entleerte ihn auf den Tisch. Es waren viele Münzen, und sie waren aus Gold. Er tat es mit der rechten Hand. Paracelsus hatte ihm den Rücken gekehrt, um die Lampe anzuzünden. Als er sich umwandte, bemerkte er, daß die Linke eine Rose hielt. Die Rose beunruhigte ihn.

Er lehnte sich zurück, legte die Fingerspitzen aneinander und sagte:

«Du glaubst, ich sei imstande, den Stein zu schaffen, der alle Elemente in Gold verwandelt, und du bietest mir Gold. Es ist nicht Gold, was ich suche, und wenn dir an Gold gelegen ist, wirst du niemals mein Schüler sein.»

«Mir liegt nichts am Gold», entgegnete der andere. «Diese Münzen sind nichts weiter als ein Beweis meines Arbeitswillens. Ich möchte, daß du mich die Kunst lehrst. Ich möchte an deiner Seite den Weg gehen, der zum Stein führt.»

Paracelsus sagte langsam:

«Der Weg ist der Stein. Der Ausgangspunkt ist der Stein. Wenn du diese Worte nicht begreifst, hast du noch gar nicht angefangen zu begreifen. Jeder Schritt, den du gehst, ist das Ziel.»

Der andere sah ihn mißtrauisch an. Er sagte mit klarer Stimme: «Aber es gibt doch ein Ziel?»

Paracelsus lachte.

«Diejenigen, die mich schmähen und die ebenso zahlreich wie dumm sind, sagen nein und nennen mich einen Hochstapler. Ich gebe ihnen nicht recht, doch es ist nicht ausgeschlossen, daß das ein Irrtum ist. Ich weiß, es gibt einen Weg.»

Sie schwiegen, dann sagte der andere:

»Ich bin bereit, ihn mit dir zu gehen, und sollte er viele Jahre in Anspruch nehmen. Laß mich durch die Wüste wandern. Laß mich wenigstens von fern das Land der Verheißung erblicken, obwohl die Gestirne mir den Eintritt verwehren. Ich begehre einen Beweis, ehe ich mich wieder auf den Weg mache.»

«Wann?» fragte Paracelsus beunruhigt.

«Jetzt sofort», sagte der Schüler mit jäher Bestimmtheit. Zunächst hatten sie lateinisch gesprochen; jetzt deutsch.

Der junge Mann hob die Rose hoch.

«Man sagt», sprach er, «du könntest eine Rose verbrennen und sie mit Hilfe deiner Kunst aus der Asche wieder auferstehen lassen. Laß mich Zeuge dieses Wunders sein. Darum bitte ich dich, und danach gehört mein ganzes Leben dir.»

«Du bist sehr leichtgläubig», sagte der Meister. «Leichtgläubigkeit habe ich nicht nötig; ich verlange Glauben.»

Der andere gab nicht nach.

«Eben weil ich nicht leichtgläubig bin, möchte ich mit eigenen Augen die Vernichtung und Auferstehung der Rose sehen.»

Paracelsus hatte sie ihm abgenommen und spielte mit ihr, während er sprach.

«Du bist leichtgläubig», sagte er. «Du sagst, ich bin imstande, sie zu vernichten?»

«Niemand ist außerstande, sie zu vernichten», sagte der Schüler.

«Du täuschst dich. Glaubst du vielleicht, es könne irgendetwas dem Nichts überantwortet werden? Glaubst du, Adam im Paradies hätte eine einzige Blume oder einen Grashalm vernichten können?»

«Wir sind nicht im Paradies», sagte der junge Mann starrköpfig. «Unter der Sonne hier ist alles sterblich.»

Paracelsus war aufgestanden.

«Wo sonst wären wir denn? Glaubst du, daß die Gottheit einen Ort schaffen kann, der nicht das Paradies ist? Glaubst du, daß der Sündenfall etwas anderes ist als nicht zu wissen, daß wir im Paradies sind?»

«Eine Rose kann verbrennen», sagte der Schüler herausfordernd.

«Es ist noch Feuer im Kamin», sagte Paracelsus. «Wenn du diese Rose auf die Glut wirfst, wirst du glauben, daß sie verglüht und daß die Asche wirklich ist. Ich sage dir, daß die Rose ewig ist und daß nur ihre Erscheinung sich ändern kann. Es bedarf einzig eines Wortes von mir, damit du sie von neuem siehst.»

«Eines Wortes?» sagte der Schüler verwundert.

«Der Athanor ist erloschen, und die Alembiks sind voll von Staub. Was tust du, um sie wiederaufstehen zu lassen?»

Paracelsus sah ihn traurig an.

«Der Athanor ist erloschen», wiederholte er, «und die Alembiks sind voll von Staub. Auf dieser Strekke meiner langen Reise gebrauche ich andere Instrumente.»

«Ich wage nicht zu fragen, welche das sind», sagte der andere verschlagen oder demütig.

«Ich spreche von dem, was die Gottheit gebrauchte, um Himmel und Erde zu schaffen und das unsichtbare Paradies, in dem wir uns befinden und das uns durch die Erbsünde verborgen ist. Ich spreche von dem Wort, das uns die Wissenschaft der Kabbala lehrt.»

Der Schüler sagte kalt:

«Bitte sei so gnädig, mir das Verschwinden und Wiedererscheinen der Rose zu zeigen. Es ist mir gleichgültig, ob du Brennkolben benutzt oder das Wort.»

Paracelsus überlegte. Schließlich sagte er:

«Wenn ich es täte, würdest du sagen, daß es sich um eine Erscheinung handelt, die dir deine Augen vorzaubern. Das Wunder gibt dir nicht den Glauben, den du suchst. Laß also die Rose.»

Der junge Mann sah ihn noch immer mißtrauisch an. Der Meister erhob die Stimme und sagte:

«Außerdem, wer bist du denn, ins Haus eines Meisters einzudringen und von ihm ein Wunder zu verlangen? Was hast du geleistet, um eine solche Gabe zu verdienen?»

Der andere antwortete unsicher:

«Ich weiß schon, daß ich nichts geleistet habe. Ich bitte dich im Namen der vielen Jahre, die ich lernend in deinem Schatten verbringen werde, daß du mir die Asche und danach die Rose zeigst. Um weiteres bitte ich dich nicht. Ich glaube dem, was meine Augen mir bezeugen.»

Jäh nahm er die rote Rose, die Paracelsus auf dem Pult liegen gelassen hatte, und warf sie in die Flammen. Die Farbe verlosch, und übrig blieb nur ein wenig Asche. Einen unendlichen Augenblick lang hoffte er auf die Worte und das Mirakel.

Paracelsus war gelassen geblieben. Mit sonderbarer Schlichtheit sagte er:

«Alle Ärzte und alle Apotheker Basels behaupten, daß ich ein Schwindler bin. Vielleicht haben sie recht. Dort ist die Asche, die die Rose gewesen ist und sie nicht wieder sein wird.»

Der junge Mann empfand Scham. Paracelsus war ein Scharlatan oder ein bloßer Phantast, und er, der Eindringling, war in sein Haus gekommen und hatte ihn nunmehr genötigt zuzugeben, daß seine berühmten magischen Künste ohne Wirkung waren.

Er kniete nieder und sagte:

«Ich habe unverzeihlich gehandelt. Es fehlte mir der Glaube, den der Herr von den Gläubigen verlangt hat. Laß mich weiter die Asche sehen. Ich kehre zurück, wenn ich stärker bin, und dann werde ich dein Schüler sein und am Ende des Wegs die Rose sehen.»

Er sprach mit wahrer Leidenschaft, doch diese Leidenschaft war das Mitleid, das ihm der alte, so verehrte, so umworbene, so illustre und darum so hohle Meister einflößte. Wer war er, Johannes

Grisebach, mit frevelhafter Hand zu entdecken, daß hinter der Maske niemand war?

Ihm die Münzen dazulassen wäre ein Almosen gewesen. Beim Hinausgehen nahm er sie wieder an sich. Paracelsus begleitete ihn zum Fuß der Treppe und sagte, daß er in diesem Fall jederzeit willkommen wäre. Beide wußten, daß sie sich nicht wiedersehen würden.

Paracelsus blieb allein. Bevor er die Lampe löschte und sich ermattet in den Sessel niederließ, nahm er das feine Häufchen Asche in die hohle Hand und sagte mit leiser Stimme ein Wort. Die Rose erstand aufs neue.

Blaue Tiger

Eine berühmte Stelle bei Blake macht aus dem
Tiger einen leuchtenden Feuerschein und ewigen
Archetyp des Bösen; lieber ist mir jener Satz bei
Chesterton, der ihn als ein Symbol von schreckli-
cher Eleganz definiert. Im übrigen gibt es keine
Worte, die als Chiffre für den Tiger taugten, diese
Gestalt, die die Phantasie des Menschen seit Jahrhunderten beschäftigt. Mich hat der Tiger immer
fasziniert. Ich weiß noch, daß ich als Kind im
zoologischen Garten vor einem bestimmten Käfig
stehen blieb: Die übrigen interessierten mich nicht.
Die Enzyklopädien und die Texte der Naturge-
schichte beurteilte ich nach ihren Tigerabbildun-
gen. Als ich die «Dschungelbücher» entdeckte,
mißfiel mir, daß Shere Khan, der Tiger, der Feind
des Helden war. Die Zeit verging, doch diese sonderbare Vorliebe blieb bestehen. Sie überlebte meinen paradoxen Wunsch, Jäger zu werden, und auch

die gewöhnlichen Wechselfälle des menschlichen Lebens. Bis vor kurzem – das Datum erscheint mir fern, ist es in Wahrheit jedoch gar nicht – vertrug sie sich ohne weiteres mit meinen normalen Pflichten an der Universität von Lahor. Ich bin Professor für abend- und morgenländische Logik und widme meine Sonntage einem Seminar über das Werk Spinozas. Ich muß hinzufügen, daß ich Schotte bin; vielleicht war es meine Vorliebe für Tiger, die mich aus Aberdeen in den Pandschab führte. Mein Lebenslauf verlief normal, doch immer in den Träumen sah ich Tiger. (Nun bevölkern andere Gestalten sie.)

Mehr als einmal habe ich dies alles erzählt, und jetzt scheint es mir fernzuliegen. Ich lasse es jedoch stehen, da mein Bekenntnis es erfordert.

Ende 1904 las ich, daß im Gebiet des Ganges-Deltas eine blaue Abart der Spezies entdeckt worden war. Die Nachricht wurde von späteren Depeschen mit den üblichen Widersprüchen und Varianten bestätigt. Meine alte Vorliebe lebte wieder auf. Ungenau, wie die Farbbezeichnungen gewöhnlich sind, vermutete ich einen Irrtum. Ich erinnerte mich, gelesen zu haben, daß auf Isländisch der Name Äthiopiens «Bláland» lautete, Blaues Land oder Land der Schwarzen. Der blaue Tiger mochte also leicht ein schwarzer Panther sein. Nichts näheres verlautete über die Streifung und Musterung eines blauen Tigers mit silbernen Streifen, dessen Abbildung die Londoner Presse verbreitete; offensichtlich war er apokryph. Das Blau der Illustration schien mir mehr der Heraldik als der Realität anzugehören. In einem Traum sah ich Tiger von einem Blau, das ich niemals zu Gesicht bekommen hatte und für das ich das treffende Wort nicht fand. Ich weiß, daß es nahezu schwarz war, doch dieser Umstand genügt nicht, sich den Farbton vorzustellen.

Monate später erzählte mir ein Kollege, er habe in einem bestimmten Dorf, weit vom Ganges entfernt, von blauen Tigern sprechen hören. Die Auskunft verfehlte nicht, mich in Erstaunen zu setzen, da ich weiß, daß Tiger in jener Gegend selten sind. Aufs neue träumte ich von dem blauen Tiger, der beim Gehen seinen großen Schatten auf den sandigen Boden warf. Ich benutzte die Ferien, um eine Reise in jenes Dorf zu unternehmen, an dessen Namen ich mich – aus Gründen, die ich gleich aufklären werde – nicht erinnern möchte.

Ich traf nach dem Ende der Regenzeit ein. Das Dorf duckte sich zu Füßen einer Anhöhe, die mir breiter als hoch vorkam, und der Dschungel, der hier von stumpfbrauner Farbe war, umgab es bedrohlich. Auf irgendeiner Seite bei Kipling muß sich das Kaff meines Abenteuers befinden, da sich ja ganz Indien und in gewisser Weise der gesamte Weltkreis darin befinden. Es soll hier genügen, wenn ich erwähne, daß nur ein Graben mit schwankenden Brücken aus Rohr die Hütten schützte. Nach Süden hin lagen Sümpfe und Reisfelder und eine Niederung mit einem schlammigen Fluß, dessen Namen ich niemals erfuhr, und dahinter von neuem der Dschungel.

Die Bevölkerung bestand aus Hindus. Dieser Umstand, den ich allerdings vorhergesehen hatte, sagte mir nicht zu. Besser bin ich immer mit Moslems zurechtgekommen, obschon der Islam, ich weiß es wohl, die armseligste der aus dem Judaismus hervorgegangenen Religionen ist.

Wir haben das Gefühl, daß Indien von Menschen wimmelt; in dem Dorf kam es mir so vor, als sei das Wimmelnde der Urwald, der fast bis an die Hütten drang.

Der Tag war drückend, und die Nächte brachten keine Frische.

Die Ältesten hießen mich willkommen, und ich führte mit ihnen ein erstes Gespräch, das aus vagen Höflichkeiten bestand. Die Ärmlichkeit des Dorfes erwähnte ich bereits, indessen ist mir klar, daß jeder Mensch von der Einzigartigkeit seiner Heimat überzeugt ist. Ich pries die zweifelhaften Wohnstätten und die nicht minder zweifelhaften Speisen und sagte, der Ruhm dieser Gegend sei bis nach Lahor gedrungen. Die Gesichter der Männer wechselten; sofort ahnte ich, daß ich eine Dummheit begangen hatte, die ich einmal bereuen sollte. Ich fühlte, daß sie im Besitz eines Geheimnisses waren, das sie mit keinem Fremden teilten. Möglicherweise glaubten sie an den Blauen Tiger und widmeten ihm einen Kult, den meine leichtfertigen Worte entweiht hatten.

Ich wartete den Morgen des folgenden Tages ab. Als der Reis gegessen und der Tee getrunken war, kam ich zu meinem Thema. Trotz des Vorabends verstand ich nicht, konnte ich nicht verstehen, was geschah. Alle sahen mich erstaunt und fast entsetzt an, doch als ich sagte, ich hätte mir vorgenommen, das Raubtier mit dem sonderbaren Fell zu fangen, hörten sie das mit Erleichterung. Einer sagte, er habe es aus der Ferne am Rand des Dschungels erblickt.

Mitten in der Nacht wurde ich geweckt. Ein Junge sagte mir, eine Ziege sei aus dem Pferch entflohen, und bei der Suche nach ihr habe er am anderen Ufer des Flusses den blauen Tiger gesehen. Mir schien das Licht des Neumonds zu schwach, um die Farbe genau erkennen zu können, doch bestätigten sie alle den Bericht, und einer, der zuvor geschwiegen hatte, sagte, auch er habe ihn gesehen. Wir rückten mit Gewehren aus, und ich sah einen katzenhaften Schatten, der sich in der Dunkelheit des Dschungels verlor, oder glaubte ihn doch zu sehen. Die Ziege fanden sie nicht, doch das Raubtier, das sie wegge- holt hatte, konnte nicht gut mein blauer Tiger sein. Man wies mich mit Nachdruck auf ein paar Spuren hin, die natürlich nichts bewiesen.

Als Nacht um Nacht so verging, wurde mir klar, daß dieser falsche Alarm zur Routine geworden war. Wie Daniel Defoe verstanden sich die Männer des Ortes auf die Erfindung von verräterischen Spuren. Zu jeder Tageszeit konnte der Tiger bei den Reisfeldern im Süden oder im Dickicht gegen Norden gesichtet werden, doch sehr bald fiel mir auf, daß sich die Beobachter mit verdächtiger Regelmäßigkeit ablösten. Wenn ich eintraf, war der Tiger unweigerlich soeben geflohen. Immer zeigten sie mir den Fußabdruck und irgend etwas, das er beschädigt hatte, doch kann ja auch die Hand eines

Menschen die Spuren eines Tigers nachahmen. Ein ums andere Mal sah ich mit eigenen Augen einen toten Hund. In einer Mondnacht benutzten wir eine Ziege als Köder und warteten vergebens bis zur Morgendämmerung. Anfangs meinte ich, diese täglichen Märchen sollten mich veranlassen, meinen Aufenthalt zu verlängern, der dem Dorf von Nutzen war, da die Leute mir ja Nahrungsmittel verkauften und die häuslichen Verrichtungen für mich erledigten. Um diese Vermutung zu überprüfen sagte ich, daß ich daran dächte, den Tiger in einer anderen Gegend flußabwärts zu suchen. Zu meiner Überraschung hießen alle meinen Entschluß gut. Dennoch nahm ich weiterhin an, daß da ein Geheimnis war, welches alle vor mir verbargen.

Ich erwähnte bereits, daß der bewaldete Hügel, an dessen Fuß sich das Dorf zusammendrängte, nicht sehr hoch war; oben befand sich ein Plateau. Auf der anderen Seite, nach Westen und Norden hin, erstreckte sich der Dschungel. Da der Hang nicht steil war, schlug ich ihnen eines Nachmittags vor, auf den Hügel zu steigen. Meine einfachen Worte bestürzten sie. Einer rief aus, die Flanke sei aber sehr schroff. Der Älteste sagte bedeutungsvoll, mein Vorsatz sei undurchführbar. Die Anhöhe sei heilig, und magische Hindernisse versperrten den Menschen den Weg. Wer sie mit sterblichen Füßen betrete, laufe das Risiko, der Gottheit ansichtig und wahnsinnig oder blind zu werden.

Ich drang nicht weiter in sie, schlich mich jedoch noch in derselben Nacht, als alle schliefen, aus der Hütte, ohne Lärm zu machen, und erklomm den leichten Hang. Einen Weg gab es nicht, und das Dickicht hielt mich auf.

Der Mond stand am Horizont. Ich betrachtete alles mit außergewöhnlicher Aufmerksamkeit, als ahnte ich, daß jener Tag wichtig werden sollte, vielleicht der wichtigste aller meiner Tage. Bis heute habe ich die dunkle, zuweilen fast schwarze Färbung des Laubs in Erinnerung. Es klarte auf, und im Umkreis des Urwalds sang kein einziger Vogel.

Nach einem Aufstieg von zwanzig oder dreißig Minuten befand ich mich auf dem Plateau. Es fiel mir nicht schwer, mir einzubilden, daß es hier kühler war als im Dorf, das zu meinen Füßen erstickte. Ich stellte fest, daß es nicht der Gipfel war, sondern eine Art nicht zu weitläufige Terrasse, und daß der Dschungel sich an der Flanke des Berges weiter nach oben fortsetzte. Ich fühlte mich frei, als wäre mein Aufenthalt im Dorf eine Gefangenschaft gewesen. Es machte mir nichts aus, daß seine Bewohner mich hatten täuschen wollen; in gewisser Weise kamen sie mir wie Kinder vor.

Was den Tiger betraf ... Die vielen Enttäuschungen hatten meine Neugier und meinen Glauben erschöpft, dennoch suchte ich fast mechanisch nach Spuren.

Der Boden war rissig und sandig. In einem der Risse, die übrigens nicht tief waren und sich in andere verzweigten, bemerkte ich eine Farbe. Es war unglaublicherweise das Blau meines Traumtigers. Obwohl ich es niemals gesehen hatte. Ich sah genau hin. Der Riß war voll von gleichförmigen, runden, sehr glatten kleinen Steinen von einigen

Zentimetern Durchmesser. Ihre Gleichförmigkeit gab ihnen etwas Künstliches, als wären es Jetons.

Ich bückte mich, streckte die Hand in den Riß und nahm einige heraus. Ein leichtes Zittern durchlief mich. Ich steckte die Handvoll Steine in die rechte Tasche, in der sich eine kleine Schere und ein Brief aus Allahabad befanden. Diese beiden Zufallsdinge haben ihren Platz in meiner Geschichte.

Wieder in meiner Hütte, zog ich mir die Jacke aus. Ich legte mich aufs Bett und träumte aufs neue von dem Tiger. Im Traum achtete ich auf die Farbe; es war die des Tigers früherer Träume und die der Steinchen auf dem Plateau. Die hochstehende Sonne fiel mir ins Gesicht und weckte mich. Ich stand auf. Die Schere und der Brief behinderten mich beim Herausnehmen der Plättchen. Ich holte eine erste Handvoll heraus und hatte das Gefühl, daß zwei oder drei zurückgeblieben waren. Eine Art Prickeln, eine ganz leichte Erregung erhitzten meine Hand. Als ich sie öffnete, sah ich, daß es dreißig oder vierzig Scheiben waren. Ich hätte geschworen, daß es nicht mehr als zehn wären. Ich legte sie auf den Tisch und langte nach den anderen. Diese brauchte ich nicht erst zu zählen, um festzustellen, daß sie sich vervielfacht hatten. Ich legte sie zu einem einzigen Stapel zusammen und versuchte sie Stück für Stück zu zählen.

Die einfache Operation erwies sich als unmöglich. Ich faßte irgendeine von ihnen fest ins Auge, faßte sie mit Daumen und Zeigefinger, und sobald sie vereinzelt war, waren es viele. Ich vergewisserte mich, daß ich kein Fieber hatte, und wiederholte den Versuch mehrmals. Das obszöne Wunder wiederholte sich. Ich spürte Kälte in den Füßen und im Unterleib, und es zitterten mir die Knie. Ich weiß nicht, wieviel Zeit verstrich.

Ohne hinzusehen raffte ich die Steine zu einem einzigen Haufen zusammen und warf sie aus dem Fenster. Seltsam erleichtert spürte ich, daß ihre Zahl sich verringert hatte. Mit Nachdruck schloß ich die Tür und streckte mich aufs Bett. Ich versuchte genau die frühere Position einzunehmen und wollte mich dazu überreden, daß alles ein Traum gewesen sei. Um nicht an die Steine zu denken, um die Zeit irgendwie hinzubringen, wiederholte ich mit lauter Stimme und langsamer Genauigkeit die acht Definitionen und die sieben Axiome der Ethik. Ob sie mir halfen, weiß ich nicht. Mit derartigen Exorzismen war ich beschäftigt, als ich ein Klopfen hörte. Instinktiv fürchtete ich, daß man meine Selbstgespräche gehört habe, und öffnete die Tür.

Es war der Älteste, Bhagwan Dass. Für einen Augenblick schien mich seine Gegenwart wieder in den Alltag zu versetzen. Wir gingen hinaus. Ich hatte die Hoffnung, daß die Plättchen verschwunden seien, aber dort lagen sie auf dem Boden. Ich weiß nicht mehr, wie viele es waren.

Der Älteste sah erst sie an und dann mich.

«Diese Steine sind nicht von hier. Es sind die von oben», sagte er mit einer Stimme, die nicht die seine war.

«So ist es», antwortete ich. Ich fügte nicht ohne Trotz hinzu, daß ich sie auf dem Plateau gefunden habe, und schämte mich sofort, ihm Erklärungen zu geben.

Ohne sich um mich zu kümmern, betrachtete Bhagwan Dass sie fasziniert. Ich hieß ihn sie aufheben. Er rührte sich nicht.

Zu meinem Leidwesen muß ich bekennen, daß ich den Revolver zog und den Befehl lauter wiederholte.

Bhagwan Dass stammelte:

«Lieber eine Kugel in der Brust als einen blauen Stein in der Hand.»

Ich war, glaube ich, nicht weniger erschreckt, doch ich schloß die Augen und hob mit der Linken eine Handvoll Steine auf. Den Revolver steckte ich weg und ließ sie in die offene andere Hand fallen. Ihre Zahl war viel größer.

Ohne es zu wissen, hatte ich mich an diese Verwandlungen bereits ein wenig gewöhnt. Sie überraschten mich weniger als das, was Bhagwan Dass ausrief.

«Das sind die Täuschungssteine!» rief er. «Jetzt sind es viele, aber das kann sich ändern. Sie haben die Form eines Vollmonds und die blaue Farbe, die man nur im Traum sehen darf. Die Eltern meiner Eltern haben nicht gelogen, als sie von ihrer Macht sprachen.»

Das ganze Dorf hatte sich um uns versammelt.

Ich fühlte mich als der magische Besitzer dieser Wunder. Unter einmütiger Verwunderung sammelte ich die Plättchen ein, hob sie hoch, ließ sie fallen, verstreute sie, sah sie sich seltsam vermehren oder verringern.

Von Entsetzen und Schrecken gepackt, drängten die Leute heran. Die Männer zwangen ihre Frauen, das Wunder anzuschauen. Eine verdeckte ihr Gesicht mit dem Unterarm, eine andere kniff die Augen zusammen. Niemand wagte die Plättchen zu berühren, ausgenommen ein fröhliches Kind, das mit ihnen spielte. In diesem Moment kam es mir vor, als entweihe diese Unordnung das Wunder. Ich raffte so viele Plättchen ich konnte zusammen und kehrte in die Hütte zurück.

Vielleicht habe ich versucht, den Rest jenes Tages zu vergessen, der der erste war in einer Unglücksserie, die bis heute anhält. Jedenfalls habe ich keine Erinnerung an ihn. Gegen Abend dachte ich mit Sehnsucht an den Vorabend, obwohl der nicht besonders glücklich gewesen war, da ich ja wie an den anderen zwanghaft an den Tiger gedacht hatte. Ich suchte Zuflucht bei diesem Bild, das einst mit Macht ausgestattet gewesen und jetzt entkräftet war. Der blaue Tiger erschien mir nicht weniger harmlos als der schwarze Schwan der Römer, der später in Australien entdeckt wurde.

Ich überlese die vorstehenden Notizen und stelle fest, daß ich einen entscheidenden Fehler begangen habe. Von der Gewohnheit jener guten oder schlechten Literatur fehlgeleitet, die unseligerweise psychologische Literatur heißt, habe ich versucht, weshalb weiß ich nicht, den chronologischen Ablauf meines Funds wiederzugeben. Besser wäre es gewesen, auf der monströsen Beschaffenheit der Steine zu beharren.

Sagte man mir, daß es auf dem Mond Einhörner

gäbe, so hielte ich diese Auskunft für richtig oder falsch oder behielte mir das Urteil vor, aber ich könnte sie mir doch vorstellen. Sagte man mir dagegen, daß auf dem Mond sechs oder sieben Einhörner drei sein könnten, so hielte ich dies von vornherein für unmöglich. Wer einmal begriffen hat, daß drei und eins vier sind, macht nicht mit Münzen, Würfeln, Schachfiguren oder Bleistiften die Probe. Er begreift es, und das genügt ihm. Er kann sich keine andere Zahl vorstellen. Es gibt Mathematiker, die versichern, drei plus eins sei eine Tautologie für vier, eine andere Art, vier zu sagen ... Mir, Alexander Craigie, von allen Menschen der Welt gerade mir ist das Los widerfahren, die einzigen Gegenstände zu entdecken, die dieses Grundgesetz des menschlichen Geistes widerlegen. Anfangs fürchtete ich, wahnsinnig zu sein; mit der Zeit, glaube ich, wäre ich lieber wahnsinnig gewesen, da meine persönliche Halluzination weniger schwerwiegend gewesen wäre als der Beweis, daß das Universum in Unordnung sei. Wenn drei und eins zwei oder vierzehn sein können, ist die Vernunft Wahnwitz.

In jener Zeit bildete ich die Gewohnheit aus, von den Steinen zu träumen. Der Umstand, daß der Traum nicht jede Nacht wiederkehrte, gewährte mir einen Schimmer von Hoffnung, der sich alsbald in Schrecken verwandelte. Der Traum war mehr oder weniger der gleiche. Der Anfang kündigte das gefürchtete Ende an. Ein Geländer und eine eiserne Wendeltreppe, die nach unten führte, und dann ein Keller oder ein System von Kellern, die sich abwärts in anderen, fast senkrechten rohen Treppen fortsetzten, in Schmieden, Schlosserwerkstätten, Verliesen und Sümpfen. Ganz unten, in ihrer ersehnten Vertiefung, die Steine, die gleichzeitig Behemoth oder Leviathan waren, die Tiere, die in der Schrift bedeuten, daß der Herr irrational ist. Ich wachte zitternd auf, und dort im Kasten waren die Steine, bereit zur Verwandlung.

Die Leute waren anders zu mir. Etwas von der Göttlichkeit der Plättchen, die sie blaue Tiger nannten, hatte mich gestreift, doch gleichzeitig wußten sie, daß ich der Entweihung des Gipfels schuldig war. Tags wie nachts konnten mich die Götter jeden Augenblick strafen. Sie wagten nicht, sich an mir zu vergreifen oder meine Tat zu verdammen, doch fiel mir auf, daß alle jetzt gefährlich unterwürfig waren. Das Kind, das mit den Plättchen gespielt hatte, sah ich nie wieder. Ich fürchtete Gift oder einen Dolch im Rücken. Eines Morgens flüchtete ich, noch bevor es hell wurde, aus dem Dorf. Ich hatte das Gefühl, daß das ganze Dorf mich belauerte und daß meine Flucht eine Erleichterung bedeutete. Seit jenem ersten Morgen hatte niemand die Steine zu sehen gewünscht.

Ich kehrte nach Lahor zurück. In meiner Tasche befand sich die Handvoll Plättchen. Die vertraute Umgebung meiner Bücher verschaffte mir nicht die Erleichterung, die ich suchte. Ich fühlte, daß auf der Erde das verabscheute Dorf und der Dschungel und die dornige Anhöhe mit dem Plateau und auf dem Plateau die kleinen Risse und in den Rissen die Steine weiter existierten. Meine Träume verwechselten und vervielfachten diese verschiedenen Dinge. Das Dorf war die Steine, der Dschungel war der Sumpf, und der Sumpf wiederum war der Dschungel.

Die Gesellschaft meiner Freunde mied ich. Ich fürchtete der Versuchung nachzugeben und ihnen dieses scheußliche Wunder vorzuführen, das die Wissenschaft der Menschen untergrub.

Ich unternahm verschiedene Experimente. Auf einem Plättchen ritzte ich ein Kreuz ein. Ich mischte es unter die übrigen, und es verschwand nach ein oder zwei Verwandlungen, obwohl sich die Zahl der Plättchen erhöht hatte. Eine analoge Probe machte ich mit einem Plättchen, dessen Kreisbogen ich an einer Stelle abgefeilt hatte. Auch dieses kam abhanden. Mit einem Stichel schlug ich ein Loch in die Mitte eines Plättchens und wiederholte den Versuch. Es verschwand für immer. Anderen Tags kehrte das Plättchen mit dem Kreuz von seinem Aufenthalt im Nichts zurück. Welcher geheimnisvolle Raum war das, der die Steine aufnahm und mit der Zeit den einen oder anderen zurückgab, undurchschaubaren Gesetzen oder einer unmenschlichen Willkür untertan?

Das gleiche Verlangen nach Ordnung, das am Anfang die Mathematik erschuf, machte, daß ich eine Ordnung in dieser Verirrung der Mathematik suchte, die die unsinnigen Täuschungssteine darstellen. In ihren unvorhersehbaren Abwandlungen wollte ich ein Gesetz auffinden. Tage und Nächte verbrachte ich damit, die Änderungen statistisch zu erfassen. Aus jener Phase sind mir einige Hefte geblieben, die gefüllt sind mit nutzlosen Zahlen. Ich ging folgendermaßen vor. Mit den Augen zählte ich die Steine und schrieb die Zahl auf. Dann teilte ich sie in zwei Handvoll und warf sie auf den Tisch. Ich zählte beide Mengen, schrieb die Zahl auf und wiederholte den Vorgang. Vergebens war die Suche nach einer Ordnung, nach einem geheimen Muster in den Veränderungen. Die Höchstzahl an Steinen, die ich erhielt, war 419; die Mindestzahl drei. Es gab einen Augenblick, in dem ich hoffte oder befürchtete, daß sie verschwänden. Nach einigem Versuchen stellte ich fest, daß ein von den anderen isoliertes Plättchen sich nicht vervielfachen oder verschwinden konnte. Natürlich waren die vier Grundrechenarten der Addition, Subtraktion, Multiplikation und Division unmöglich. Die Steine verweigerten sich der Arithmetik und der Wahrscheinlichkeitsrechnung. Vierzig Plättchen konnten bei der Division durch zwei neun ergeben; die neun, ihrerseits dividiert, konnten dreihundert sein. Ich weiß nicht, wieviel sie wogen. Eine Waage nahm ich nicht zu Hilfe, doch bin ich sicher, daß ihr Gewicht gleich und leicht war. Die Farbe war immer jenes Blau.

Diese Rechenoperationen halfen mir, mich vor dem Wahnsinn zu bewahren. Wenn ich mit den Steinen hantierte, die die mathematische Wissenschaft zunichte machten, dachte ich mehr als einmal an jene Steine der Griechen, die die ersten Zahlzeichen waren und die so vielen Sprachen das Wort «Kalkül» beschert haben. Die Mathematik, sagte ich mir, nahm ihren Ursprung in Steinen und findet jetzt ihr Ende in ihnen. Wenn Pythagoras mit diesen hier zu tun gehabt hätte ...

Nach einem Monat wurde mir klar, daß das Chaos unergründlich war. Unbezwungen waren die Plättchen, und unablässig war ich versucht, sie zu berühren, das Prickeln noch einmal zu verspüren, sie fortzuwerfen, sie mehr oder weniger werden zu sehen, mich auf gerade oder ungerade Mengen zu konzentrieren. Schließlich fürchtete ich, daß sie die anderen Dinge ansteckten und besonders die Finger, die nicht davon lassen konnten, mit ihnen zu hantieren.

Einige Tage lang trieb mich ein innerer Zwang, unaufhörlich an die Steine zu denken, da ich wußte, daß das Vergessen nicht von Dauer sein konnte und daß es unerträglich wäre, aufs neue meine Qual vorzufinden.

Ich schlief nicht in der Nacht des 10. Februar. Nach einem Spaziergang, der sich bis zum Morgengrauen hinzog, trat ich durch die Tore der Wasir-Khan-Moschee. Es war die Stunde, in der das Licht die Farben noch nicht hervorgeholt hat. Kein Mensch war auf dem Innenhof. Ohne zu wissen warum, tauchte ich die Hände in das Wasser des Brunnens. Im Gebetssaal kam mir der Gedanke, daß Gott und Allah zwei Namen für ein einziges unfaßliches Wesen seien, und ich flehte es mit lauter Stimme an, mich von meiner Bürde zu befreien. Reglos wartete ich auf eine Antwort.

Schritte hörte ich nicht, doch in der Nähe sprach eine Stimme zu mir:

«Ich bin gekommen.»

Neben mir war der Bettler. In der Morgendämmerung konnte ich den Turban, die erloschenen Augen, die grünlichgelbe Haut und den grauen Bart erkennen. Sehr groß war er nicht.

Er reichte mir die Hand und sagte mit leiser Stimme:

«Ein Almosen, Beschützer der Armen.»

Ich suchte nach einem und antwortete:

«Ich habe kein einziges Geldstück bei mir.»

«Du hast viele», war die Antwort.

In meiner rechten Tasche waren die Steine. Ich holte einen hervor und ließ ihn in die hohle Hand fallen. Nicht das geringste Geräusch war zu vernehmen.

«Du mußt mir alle geben», sagte er. «Wer nicht alles gibt, hat nichts gegeben.»

Ich verstand und sagte:

«Du sollst wissen, daß ein Almosen entsetzlich sein kann.»

Er entgegnete:

«Vielleicht ist dieses Almosen das einzige, das ich erhalten kann. Ich habe gesündigt.»

Ich ließ alle Steine in die geöffnete Hand fallen. Sie fielen ohne das mindeste Geräusch wie auf den Grund des Meeres. Dann sagte er:

«Noch weiß ich nicht, welches dein Almosen ist, doch meines ist entsetzlich. Dir bleiben die Tage und die Nächte, der Verstand, die Gewohnheiten, die Welt.»

Die Schritte des blinden Bettlers hörte ich nicht, noch sah ich ihn in der Morgendämmerung verschwinden.

Utopie eines müden Mannes

Er nannte es Utopia, ein griechisches Wort, das bedeutet: Es gibt keinen solchen Ort.
Quevedo

Es gibt keine zwei gleichen Hügel, aber überall auf der Erde ist die Ebene sich gleich. Ich ging über eine Ebene. Ohne viel Neugier fragte ich mich, ob ich in Oklahoma oder in Texas war oder in jener Gegend, die die Literaten Pampa nennen. Weder zur Rechten noch zur Linken sah ich einen Drahtzaun.
Wie bei anderen Gelegenheiten wiederholte ich mir langsam diese Zeilen von Emilio Oribe:
Inmitten der grenzenlosen panischen Ebene
Und Brasilien nahe
die wachsen und wachsen und immer mehr Gewicht gewinnen.
Der Weg war holperig. Es begann zu regnen. In zwei- oder dreihundert Meter Entfernung erblickte ich das Licht eines Hauses. Es war niedrig und rechteckig und von Bäumen umstanden. Die Tür öffnete mir ein Mann, dessen Größe mir beinahe Angst einflößte. Er war grau gekleidet. Ich spürte,

daß er jemanden erwartete. Die Tür war ohne Schloß.

Wir betraten eine großes Zimmer mit Wänden aus Holz. An der Decke hing eine Lampe und warf gelbliches Licht. Aus irgendeinem Grund befremdete mich der Tisch. Auf dem Tisch stand eine Wasseruhr, die erste, die ich je zu sehen bekam, außer einer auf einem Stahlstich. Der Mann wies mir einen der Stühle.

Ich versuchte es mit einigen Sprachen, wir konnten uns jedoch nicht verständigen. Als er sprach, war es lateinisch. Ich suchte meine schon weit zurückliegenden Gymnasialerinnerungen zusammen und bereitete mich auf das Gespräch vor.

«An der Kleidung», sagte er, «erkenne ich, daß du aus einem anderen Jahrhundert kommst. Die Verschiedenheit der Sprachen war der Verschiedenheit der Völker und sogar den Kriegen günstig; die Welt ist zum Latein zurückgekehrt. Es gibt Leute, die fürchten, es könne wieder zum Französischen, Limousinischen oder zum Papiamento degenerieren, aber eine unmittelbare Gefahr besteht nicht. Im übrigen interessiert mich weder, was war, noch das, was sein wird.»

Ich sagte nichts, und er fügte hinzu:

«Willst du mitkommen, falls es dir nichts ausmacht, jemanden essen zu sehen?»

Da ich sah, daß er meine Verlegenheit bemerkte, sagte ich ja.

Wir gingen durch einen Korridor mit Seitentüren, der in eine kleine Küche führte, in der alles aus Metall war. Mit der Mahlzeit auf einem Tablett kehrten wir zurück: Schalen mit Cornflakes, eine Weintraube, eine unbekannte Frucht, deren Geschmack mich an Feigen erinnerte, und ein großer Krug Wasser. Ich glaube, Brot gab es keines. Mein Gastgeber hatte scharfe Gesichtszüge, und etwas ganz und gar Ungewöhnliches war um seine Augen. Ich werde dieses strenge und bleiche Gesicht, das ich nie wiedersehen werde, niemals vergessen. Beim Sprechen machte er keine Handbewegungen.

Mich behinderte der Zwang zum Latein, aber schließlich sagte ich:

«Erstaunt dich mein plötzliches Auftauchen nicht?»

«Nein», erwiderte er, «solche Besuche kommen bei uns alle hundert Jahre vor. Sie dauern nicht lange; spätestens morgen bist du wieder zu Hause.»

Die Gewißheit seiner Stimme beruhigte mich. Ich hielt es für angezeigt, mich vorzustellen:

«Mein Name ist Eudoro Acevedo. Ich bin 1897 geboren, in der Stadt Buenos Aires. Ich bin schon siebzig Jahre alt. Ich bin Professor für englische und amerikanische Literatur und schreibe phantastische Erzählungen.»

«Ich entsinne mich», antwortete er, «zwei phantastische Erzählungen ohne Mißfallen gelesen zu haben. Die ‹Reisen des Kapitäns Lemuel Gulliver›, die viele für wahr halten, und die ‹Summa Theologica›. Aber sprechen wir nicht von Vergangenem. Vergangenes kümmert niemanden mehr. Es ist höchstens Ausgangspunkt für Erfindung und Nachdenken. In den Schulen bringen sie uns den Zweifel bei und die Kunst des Vergessens. Verges-

62

sen werden soll vor allem Persönliches und Ortsver-
haftetes. Wir leben in der Zeit, die sukzessiv ist,
aber wir versuchen, *sub specie aeternitatis* zu
leben. Aus der Vergangenheit verbleiben uns ein
paar Namen, und die Sprache neigt dazu, sie
auszulöschen. Wir umgehen überflüssige Genauig-
keiten. Es gibt weder Chronologie noch Geschichte.
Auch Statistiken gibt es nicht. Du hast mir gesagt,
daß du Eudoro heißt; ich kann dir meinen Namen
nicht sagen, weil man mich Jemand nennt.»
«Und wie hieß dein Vater?»
«Er hatte keinen Namen.»
An einer der Wände erblickte ich ein Bücherbord.
Aufs Geratewohl schlug ich einen Band auf; die
Buchstaben waren deutlich und unentzifferbar mit
der Hand gezeichnet. Ihre eckigen Linien erinner-
ten mich an das Runenalphabet, das indessen
seinerzeit nur für Inschriften benutzt wurde. Es
schien mir, daß die Menschen der Zukunft nicht
nur größer, sondern auch geschickter waren. Instinktiv schaute ich auf die langen und feingliedri-
gen Finger des Mannes.
Dieser sagte:
«Jetzt wirst du etwas sehen, was du noch nie
gesehen hast.»
Behutsam reichte er mir ein Exemplar der «Utopia»
von Morus, 1518 in Basel gedruckt, in dem Blätter
und Tafeln fehlten.
Nicht ohne alberne Überheblichkeit erwiderte ich:
«Das ist ein gedrucktes Buch. Zu Hause dürfte ich
über zweitausend davon haben, allerdings nicht so
alt und so kostbar.»

Laut las ich den Titel.

Der andere lachte.

«Kein Mensch kann zweitausend Bücher lesen. In den vier Jahrhunderten, die ich jetzt lebe, habe ich nicht mehr als ein halbes Dutzend bewältigt. Außerdem kommt es nicht auf das Lesen an, sondern auf das Wiederlesen. Der Buchdruck, der heute abgeschafft ist, war eins der schlimmsten Übel der Menschheit, denn er lief ja darauf hinaus, überflüssige Texte zu vervielfältigen, bis einem schwindlig wurde.»

«In meiner sonderbaren Vergangenheit», antwortete ich, «herrschte der Aberglaube, daß zwischen jedem Abend und jedem Morgen Dinge vorfallen, die zu übersehen eine Schande ist. Die Erde war bevölkert von kollektiven Gespenstern, Kanada, Brasilien, dem Schweizer Kongo und dem Gemeinsamen Markt. Von der Vorgeschichte dieser platonischen Wesenheiten wußte fast niemand etwas, dafür aber wußte man Bescheid über die geringfügigsten Einzelheiten des letzten Pädagogenkongresses, über den bevorstehenden Bruch irgendwelcher Beziehungen und über die Botschaften, die die Präsidenten verschickten und die vom Sekretär des Sekretärs mit all der vorsichtigen Verschwommenheit ausgearbeitet wurden, die dem Genre eigen war.

Alles das las man, um es zu vergessen, denn nach wenigen Stunden löschten andere Trivialitäten es wieder aus. Von allen Ämtern war das des Politikers zweifellos das öffentlichste. Ein Gesandter oder ein Minister war eine Art von Krüppel, der zur

Fortbewegung langgestreckte und geräuschvolle Fahrzeuge benötigte, umgeben von Motorradfahrern und Militäreskorten und erwartet von gierigen Photographen. Als hätte man ihnen die Füße abgehackt, pflegte meine Mutter zu sagen. Die Bilder und der gedruckte Buchstabe waren wirklicher als die Dinge. Nur was veröffentlicht war, war richtig. *Esse est percipi* (sein ist abgebildet werden) war der Grundsatz, das Mittel und der Zweck unserer einzigartigen Auffassung von der Welt. In der Vergangenheit, die mich noch berührte, waren die Leute naiv; sie glaubten, eine Ware wäre gut, weil ihr Hersteller selbst es immer wieder beteuerte. Auch waren Diebstähle an der Tagesordnung, obwohl doch allen klar war, daß der Besitz von Geld weder dem Glück noch der Ruhe zuträglich ist.»

«Geld?» wiederholte er. «Es gibt niemanden mehr, der Armut leidet, die unerträglich gewesen sein muß, noch leidet jemand an Reichtum, und der muß die lästigste Form der Vulgarität gewesen sein. Jeder übt ein Amt aus.»

«Wie die Rabbiner», sagte ich.

Er schien nicht zu verstehen und fuhr fort:

«Auch Städte gibt es nicht mehr. Nach den Ruinen von Bahia Blanca zu urteilen, die ich neugierigerweise erkundet habe, ist es um sie nicht schade. Da es keinen Besitz gibt, wird auch nichts weitervererbt. Wenn der Mensch mit hundert Jahren reif wird, ist er bereit, sich selber und seiner Einsamkeit gegenüberzutreten. Er hat dann ein Kind gezeugt.»

«Ein Kind?» fragte ich.

«Ja. Ein einziges. Es ist nichts daran gelegen, das

Menschengeschlecht zu vermehren. Es gibt Leute, die es für ein Organ der Gottheit halten, welches das Bewußtsein des Universums bewahrt, doch niemand weiß mit Sicherheit, ob es eine solche Gottheit gibt. Ich glaube, derzeit erörtert man die Vor- und Nachteile eines allmählichen oder gleichzeitigen Selbstmordes aller Menschen auf der Welt. Aber zurück zu uns selber.»

Ich stimmte zu.

«Wenn er hundert Jahre alt ist, kann der einzelne auf Liebe und Freundschaft verzichten. Leiden und ungewollter Tod bedeuten für ihn keine Drohung. Er übt sich in einer Kunst, der Philosophie, der Mathematik oder spielt gegen sich selber Schach. Wenn er will, bringt er sich um. Als Herr seines Lebens ist der Mensch auch Herr seines Todes.»

«Handelt es sich um ein Zitat?» fragte ich.

«Gewiß doch. Uns bleiben nur noch Zitate. Die Sprache ist ein System von Zitaten.»

«Und das große Abenteuer meiner Zeit, die Raumfahrt?» fragte ich.

«Vor Jahrhunderten schon wurden diese Reisen aufgegeben, die gewiß Bewunderung verdienten. Dem Hier und Jetzt konnten wir nie entfliehen.»

Lächelnd setzte er hinzu:

«Außerdem ist jede Reise eine im Raum. Von einem Planeten zum anderen zu reisen ist wie zum Bauernhof gegenüber zu gehen. Als Sie dieses Zimmer betraten, haben Sie eine Reise im Raum unternommen.»

«Genau», erwiderte ich. «Auch sprach man von chemischen Substanzen und zoologischen Tieren.»

Der Mann kehrte mir jetzt den Rücken zu und blickte durch die Fensterscheiben. Die Ebene draußen mit ihrem schweigsamen Schnee im Mondlicht war weiß.

Ich wagte zu fragen:

«Gibt es noch Museen und Bibliotheken?»

«Nein. Wir möchten die Vergangenheit vergessen, außer bei der Abfassung von Elegien. Es gibt weder Gedenkfeiern noch Zentenarien noch Bildnisse Toter. Jeder muß auf eigene Faust die Wissenschaften und Künste hervorbringen, die er benötigt.»

«Dann muß also jeder sein eigener Bernard Shaw, sein eigener Jesus Christus und sein eigener Archimedes sein.»

Er stimmte wortlos zu. Ich erkundigte mich:

«Was ist aus den Regierungen geworden?»

«Der Überlieferung zufolge kamen sie immer mehr außer Gebrauch. Sie riefen zu Wahlen auf, erklärten Kriege, setzten Gebühren fest, beschlagnahmten Vermögen, befahlen Verhaftungen und bemühten sich, die Zensur durchzusetzen, doch niemand auf der Welt leistete ihnen Folge. Die Presse hörte auf, ihre Beiträge und Bilder zu veröffentlichen. Die Politiker mußten sich nach ehrlichen Berufen umsehen; einige wurden gute Komiker oder gute Quacksalber. Die Wirklichkeit war sicher komplizierter als dieses Resümee.»

Er wechselte den Ton und sagte:

«Ich habe dieses Haus gebaut, das allen anderen gleicht. Ich habe diese Möbel und diese Geräte gebastelt. Ich habe das Land bestellt, das andere, deren Gesicht ich niemals zu sehen bekam, besser bestellen werden als ich. Ich kann dir einiges zeigen.»

Ich folgte ihm in das Nebenzimmer. Er zündete eine Lampe an, die ebenfalls von der Decke hing. In einer Ecke erblickte ich eine Harfe mit wenigen Saiten. An den Wänden hingen rechteckige Leinwände, auf denen gelbe Farbtöne vorherrschten. Sie schienen nicht das Werk ein und desselben Mannes zu sein.

«Das ist mein Werk», erklärte er.

Ich betrachtete die Bilder und blieb vor dem kleinsten stehen, das einen Sonnenuntergang vorstellte oder andeutete und etwas Unendliches enthielt.

«Wenn es dir gefällt, kannst du es mitnehmen, als Andenken an einen zukünftigen Freund», sagte er ruhig.

Ich dankte ihm, doch andere Bilder irritierten mich. Ich will nicht sagen, daß sie weiß waren, aber sie waren nahezu weiß.

«Sie sind mit Farben gemalt, die deine überalterten Augen nicht wahrnehmen können.»

Die zarten Hände berührten die Saiten der Harfe, und ich vernahm nur mit Mühe den einen oder anderen Laut.

In diesem Augenblick hörte man es klopfen.

Eine große Frau und drei oder vier Männer betraten das Haus. Man hätte gemeint, daß sie Geschwister seien oder daß die Zeit sie einander angeglichen habe. Mein Gastgeber sprach zunächst mit der Frau.

«Ich wußte, daß du heute Nacht nicht fernbleiben würdest. Hast du Nils gesehen?»

«Manchmal nachmittags. Er widmet sich immer noch ganz der Malerei.»

«Hoffentlich mit mehr Fortüne als sein Vater.»

Manuskripte, Gemälde, Möbel; Geräte; wir ließen nichts mehr im Haus zurück.

Die Frau arbeitete genau wie die Männer. Ich schämte mich, daß meine Schwäche mir kaum erlaubte, ihnen behilflich zu sein. Niemand schloß die Tür, und mit den Sachen beladen verließen wir das Haus. Ich bemerkte, daß es ein Satteldach hatte.

Nach fünfzehnminütigem Fußmarsch bogen wir nach links ab. Undeutlich erblickte ich in der Ferne eine Art Turm, den eine Kuppel krönte. «Das ist das Krematorium», sagte jemand. «Darinnen ist die Todeskammer. Ein Menschenfreund, der, glaube ich, Adolf Hitler hieß, soll sie erfunden haben.»

Der Wärter, dessen Statur mich erstaunte, öffnete uns die Gittertür.

Mein Gastgeber murmelte ein paar Worte. Ehe er die Stätte betrat, verabschiedete er sich mit einer Handbewegung.

«Es wird weiter schneien», verkündete die Frau.

In meinem Schreibtisch in der Calle México bewahre ich das Gemälde auf, das jemand in Tausenden von Jahren malen wird, mit Materialien, die heute noch auf dem Planeten verstreut sind.

Borges
gleich
Borges

Interview
von
Maria Esther Vázquez

Die ersten Jahre

Welches war Ihre erste Begegnung mit der Literatur?
*Ich glaube, daß meine erste Lektüre die Geschichten der
Gebrüder Grimm auf Englisch waren. Ich glaube, ich kann
mich an den Band erinnern, aber wahrscheinlich waren es
noch andere, denn ich habe mich weniger in der Schule und in
der Universität gebildet als in der Bibliothek meines Vaters.
Ich muß auch meiner Großmutter gedenken, die Engländerin
war und die Bibel auswendig kannte, so daß ich auch über
den Heiligen Geist an die Literatur gekommen sein mag, oder
durch zu Hause gehörte Gedichte. Meine Mutter kannte den
Fausto[1] von Estanislao del Campo auswendig.*
In welchem Alter lernten Sie die Grimmschen Märchen
kennen?
*Ich muß noch sehr klein gewesen sein. Ich kann mich an keine
Zeit erinnern, wo ich nicht lesen und schreiben gekonnt hätte.
Aber da die Psychologen – die fehlbar sind – übereinstim-
mend meinen, das Gedächtnis ginge bis ins vierte Lebensjahr
zurück, und da ich weiß, daß ich damals lesen und schreiben
konnte, kann ich kein bestimmtes Datum angeben.*
Waren Sie zweisprachig?
*Ja. Zu Hause wurde Englisch für meine englische Großmutter
gesprochen und Spanisch für den Rest der Familie. Ich wußte,*

daß ich mit meiner Großmutter mütterlicherseits, Leonor Acevedo Suárez, auf die eine Weise reden mußte und mit der von Vaters Seite, Frances Haslan Arnett, auf die andere und daß es verschiedene Weisen waren. Mit der Zeit entdeckte ich, daß diese zwei Sprechweisen eines Enkels spanische und englische Sprache hießen. Ebenso gebraucht ein Kind ja Verben, konjugiert sie, kennt die grammatikalischen Geschlechter, benutzt verschiedene Satzteile, und doch entdeckt sich ihm die Grammatik erst viel später; ich las in beiden Sprachen, aber wohl mehr auf Englisch, denn meines Vaters Bibliothek war englisch. Ich erinnere mich, daß es zu Hause eine Ausgabe des Don Quijote *aus dem Verlag Garnier gab. Später ging das Buch auf unseren Reisen verloren, und 1927 besorgte ich mir ein ebensolches Exemplar – man hat ja den Aberglauben, daß die Ausgabe, in der man ein Buch gelesen hat, die einzig wahre ist, wenn es auch nicht die erste Ausgabe ist. Es war ein gebundenes Buch mit Goldbuchstaben und Stahlstichen: ein hübscher Band, den ich immer noch habe, weil mir die anderen* Don Quijotes *unecht vorkommen.*

Was ich so zuerst gelesen habe? Viele Werke aus einer sehr verdienstvollen und wegen ihres Materials recht kuriosen Sammlung: die Biblioteca de la Nación[2]. *Die Einbände waren im Jugendstil gestaltet. Der zuerst veröffentlichte Band war natürlich die* Geschichte San Martíns *von* Mitre; *danach kamen der* Don Quijote *und ein beinahe zeitgenössisches Werk:* Die ersten Menschen auf dem Mond *von* Wells.

Zu jener Zeit gab es noch keine Autorenrechte. Das trug zur größeren Verbreitung der Autoren bei, denn beim Erscheinen eines Buches wurde es übersetzt und veröffentlicht, und der Verfasser bekam keinen Centavo dafür. Um die Sache noch besser zu machen, stellte man, wenn z. B. das Buch zwanzig Kapitel hatte, zwanzig Übersetzer an. Jeder übersetzte sein Kapitel (um das Buch möglichst schnell herauszubringen), so daß eine Figur in einem Kapitel Guillermo, und in anderen William oder Wilhelm hieß. Diese Sammlung brachte auch Werke von Quevedo; La bolsa, *von* Martel; Amalia[3] *von* Mármol; Facundo *von* Sarmiento; El misterio del cuarto amarillo *und die anderen Romane und Kriminalgeschichten von* Conan Doyle, *der damals viel gelesen wurde und ein zeitgenössischer Autor war. Jedenfalls erinnere ich mich, daß*

71

ich als Junge, ob auf englisch oder spanisch, die Geschichten von Poe, Romane von Dumas, von Sir Walter Scott, Maria von Jorge Isaacs und Werke der spanischen Klassik gelesen habe.

Jugend in Europa

Haben Sie die ganze Oberschule in der Schweiz absolviert?
Ja, und das war für mich günstig, denn ich war ein guter Lateiner und schaffte es, mit Hilfe des Gradus ad Parnassum von Guicherat, lateinische Verse zu verfassen. Ich besaß die Vorlage zur Markierung der kurzen und langen Silben, obwohl ich nie einen lateinischen Vers lesen konnte, weil ich kurze und lange Silben nicht akzentuieren konnte.
Skandieren?
Ja, ich kann es bis heute noch nicht, aber mit dieser mechanischen Vorlage konnte ich es. Als ob ich gereimte Verse schriebe und die Reime nicht hörte. Auf lateinisch las ich Seneca und Tacitus.
Außerdem, habe ich gehört, haben Sie Prüfungen auf lateinisch abgelegt ...
O Gott, nein! Sie verwechseln mich mit meinem englischen Urgroßvater, der an der Heidelberger Universität zum Dr. phil. promovierte, ohne ein Wort Deutsch zu sprechen, indem er alle Prüfungen auf lateinisch machte. Ich mutmaße, daß die Professoren heutzutage keine derartigen Prüfungen mehr abnehmen könnten; vielleicht würden sie alle Studenten bestehen lassen, um ihre Unwissenheit zu vertuschen. Zu jener Zeit sprachen die Leute noch Latein. Der Vater eines Freundes von mir, Ibarra, lies seinen Sohn beim Mittag- und Abendbrot lateinisch sprechen.
Aber Sie haben mir erzählt, daß Ihre Mitschüler Sie davor bewahrten, in einem Fach geprüft zu werden, in dem Sie keine Ahnung hatten.
Ich weiß nicht, ob es Zoologie oder Botanik war, die mich nie interessiert haben. Ich hatte alle Fächer bestanden und hatte die Sprache lernen müssen, in der sie gelehrt wurden, denn ich konnte kein Französisch. Meine Mutter konnte es, aber zu Hause wurde mehr Englisch gesprochen, denn damals legte man auf Englisch viel mehr Wert, den es jetzt mit seiner

Popularisierung eingebüßt hat. Allerdings weiß ich nicht, ob die Leute heute wirklich Englisch können ... Zurück zum Thema: Ich hatte alle Prüfungen abgelegt und war in einem Fach durchgefallen. Meine Mitschüler baten den Lehrer, mir zugute zu halten, daß ich nicht nur die Fächer hätte lernen müssen, sondern auch die Sprache dazu. Daraufhin wurde ich ins zweite Jahr versetzt.

Wie alt waren Sie damals?

Zwölf oder dreizehn Jahre. Und als ich mich bei ihnen bedanken wollte, denn ich hatte den Brief gesehen, den sie alle unterschrieben hatten, sagten sie, nein, es wäre eine von den Lehrern getroffene Entscheidung, mit der sie nichts zu tun hätten, um mir die Peinlichkeit des Dankens zu ersparen und wohl auch, weil die Schweizer nicht viele Worte machen, um ein Gespräch darüber abzukürzen oder zu vermeiden. Ich habe sehr angenehme Erinnerungen an die Schweiz.

Wie viele Jahre lebten Sie dort?

Für die Dauer des Ersten Weltkrieges. Ich erinnere mich, daß die Schweiz in einer Woche 250 000 oder 300 000 Mann mobilisierte, um die Grenze zu verteidigen. Ich habe die Soldaten gesehen, die in die Kasernen gingen und sich noch den Waffenrock zuknöpften, das Gewehr in der Hand, denn man hatte Uniform und Waffen zu Hause. Die Schweizer Armee hatte nur drei Obersten, und man beschloß, einen von ihnen für die Zeit des Krieges zum General zu ernennen. Einer unserer Nachbarn, der Oberst Odeou, nahm die Ernennung an, aber unter der Bedingung, daß sein Sold nicht aufgebessert würde.

Kamen Sie zu der Zeit schon mit dem Deutschen zurecht?

Nein. Diese Sprache lernte ich erst im letzten oder vorletzten Kriegsjahr, freiwillig. Ich muß etwa siebzehn gewesen sein. Die Vorliebe für Deutschland verdanke ich Carlyle, wie auch den Wunsch zum Lesen. Die Welt als Wille und Vorstellung *von Schopenhauer im Original. Da man abends nicht ausgehen konnte, weil die Wachsamkeit der Polizei im letzten Jahr wegen der Spionage sehr streng war, kaufte ich mir* Das Buch der Lieder *von Heine und begann es mit Hilfe eines deutschenglischen Lexikons zu lesen. Das Vokabular Heines in seinen Frühwerken war absichtlich einfach; als ich erst einmal die Worte «Nachtigall», «Herz», «Liebe», «Nacht», «Trauer», «Ge-*

liebte» kannte, merkte ich, daß ich auf das Lexikon verzichten konnte, und las weiter, so daß ich auf diese Weise die herrliche musikalische Sprache der Gedichte Heines beherrschen lernte. Und nach wenigen Monaten brauchte ich kein Lexikon mehr.

Und dann lasen Sie Schopenhauer?

Nicht sofort, weil ich den Irrtum der Leute beging, die Deutsch lernen, um Philosophie zu lesen, und mit der Kritik der reinen Vernunft fortfuhr, einem Werk, das selbst die Deutschen nicht verstehen, und das wohl auch Kant selbst bei manchen Gelegenheiten in Verlegenheit gebracht hätte ... es sei denn, er hätte sich erinnert, was er hatte sagen wollen ... Ich denke daran, daß De Quincey sagte, die Deutschen betrachteten einen Satz als einen Koffer, einen großen Koffer, den jemand auf eine lange Reise mitnehmen müßte. Man packt in den Koffer alles ein, was man kann, und behilft sich mit Klammern und Gedankenstrichen, und dann kommt eine Art unförmiges Scheusal heraus. Aber glücklicherweise paßt das nur auf die Prosa Kants, nicht auf die der anderen deutschen Autoren, denn sonst wären sie unleserlich. Ich habe viel Deutsch gelesen, vor allem expressionistische Dichtung, denn während des Ersten Weltkrieges war der deutsche Expressionismus der wichtigste aller «ismen» jener Zeit, viel mehr als der Imaginismus von Pound oder der italienische Futurismus oder der französische Kubismus oder der letzte Ultraismus in Spanien und Ibero-Amerika. Er war die reichhaltigste Bewegung, da er nicht bloße Technik war. Die Expressionisten traten für die Verbrüderung der Menschen ein, das Verschwinden der Grenzen, die Mystik, Gedankenübertragung, all die Magie, die jetzt die Zeitschrift Planète *unter die Leute bringt: doppelte Persönlichkeit, vierte Dimension ... Die deutsche Sprache ist ideal für die Lyrik. Ich möchte sagen, sie ist die schönste, außer dem alten Skandinavisch, das mich zur Zeit sehr beschäftigt. Aber das Altskandinavische hat sich nicht so wie das Deutsche entwickelt. Vielleicht hätte sich das Angelsächsische so entwickeln können, aber der Einfall der Normannen veränderte den Charakter der Sprache, obwohl ihr die Fähigkeit, zusammengesetzte Wörter zu bilden, geblieben ist. Aber mit dem Unterschied, daß im Englischen die zusammengesetzten Wörter – wenn man sie auch bilden kann,*

und Joyce hat das glänzend gemacht – immer etwas künstlich wirken. Dagegen kann jeder Deutsche ein zusammengesetztes Wort prägen, das man noch nie gebraucht hat, und es wirkt spontan. Im Englischen klingt es etwas schulmeisterlich und «literarisch» im negativen Sinn des Wortes. Viele Jahre später, in Buenos Aires, lernte ich Italienisch, das ich nicht sprechen und nicht verstehen kann, wenn es gesprochen wird, aber das ich ebenso lesen konnte, als ich noch sah. Ich lernte es mit der Divina Commedia, *die ich in einer zweisprachigen Übersetzung zu lesen anfing, und als ich beim Purgatorium ankam, als ich mich von Vergil verabschiedete, da merkte ich, daß ich weiter lesen konnte, und wenn ich auch nicht jedes Wort verstand, so doch jeden Satz. Außerdem haben die Italiener Ausgaben ihrer Klassiker, die denen in jeder anderen Sprache überlegen sind. Als Professor für Englische Literatur hatte ich beispielsweise Gelegenheit, mit Shakespeare-Ausgaben zurecht kommen zu müssen, und deren Kommentare sind sehr dürftig, verglichen mit denen von Momigliano oder den älteren von Scartazzini, Cassini oder Barbi, denn in den italienischen Ausgaben der* Commedia *wird jeder Vers kommentiert, und in den letzteren nicht nur historisch oder theologisch, sondern auch noch mit einem literarischen Kommentar versehen. In dem Kommentar von Attilio Momigliano wird der Versklang analysiert, die Wiederholung bestimmter Silben, das Setzen der Akzente. Wenn also jemand kein Italienisch versteht (was selten vorkommt, denn schließlich sind Italienisch und Spanisch lateinische Dialekte), dann versteht er es durch den Kommentar. Ich glaube, es ist die beste Art, eine Sprache zu lernen: über die Texte. Spencer sagte, die Grammatik sei das letzte, was man lernen sollte, denn sie ist die Philosophie der Sprache, und ein Kind lernt seine Muttersprache nicht durch die Definition des Adjektivs, Substantivs, des Pronomens, so wie wir nicht mit Hilfe von Zeichnungen der Lunge atmen lernen. Ich habe Dante, Ariost und dann die Werke der Modernen lesen können.*
Welche?
Croce, Gentile (der mir immer etwas Mühe gemacht hat), und danach Lyriker wie Ungaretti, zum Beispiel. Ich würde sagen, im allgemeinen – womit ich gegen meine eigenen Interessen rede – sollte man bei verwandten Sprachen die Texte nicht

übersetzen. Ich kann z. B. kein Portugiesisch und habe Eça *von Queiroz gelesen. Wenn ich einen Satz nicht verstand, las ich ihn laut, und der Klang enthüllte mir den Sinn.*

Aber nicht jeder kann das ...

De Quincey sagte, mit einiger Übertreibung: Da jedermann die Bibel kennt, besonders in einem protestantischen Land, ist die beste Art, eine Sprache zu lernen, sie mit der Bibel zu lernen. Er machte eine Reise in der Postkutsche – die waren bestimmt sehr langsam – von London nach Edinburgh, und er hatte eine schwedische Bibel mit, und als er in der schottischen Hauptstadt ankam, konnte er schon ganz gut Schwedisch. Allerdings mag das eher auf übermäßigen Opiumgenuß zurückzuführen sein als auf eine tatsächliche Erinnerung ... Er war natürlich ein erstaunlicher Mann, aber immerhin ... mir scheint ...

Vor kurzer Zeit las ich *Die Nonne als Fähnrich ...*

Ach, das ist aber eigenartig! Dort wird Tucuman[4] erwähnt.

Und außerdem machte er eine Art Mannweib zur Heldin ...

Er nahm eben die geschichtlichen Tatsachen als Ausgangspunkt. Er war nicht wirklich ein Geschichtsschreiber. Er träumte von allem Möglichen. Ich habe den Verdacht, daß er wenig Unterlagen benutzte; bei ihm gibt es einen großartigen Text über die sibirischen Tataren. Offenbar geht der zurück auf die deutsche Fassung eines russischen Textes von zehn Zeilen, in dem keineswegs all das steht, was De Quincey in siebzig herrlichen Seiten geschrieben hat, auf denen er alles neu erschafft. Es ist schon besser, ein erfinderisches Denkvermögen zu haben. Die Historiker haben weder das eine noch das andere; sie haben einen Haufen Papiere.

Mit wieviel Jahren kehrten Sie nach Buenos Aires zurück?

Ich war etwa zwanzig oder einundzwanzig Jahre alt. Drei Jahre war ich in Spanien gewesen; danach fuhr ich nach Portugal, und eines meiner Vorhaben war, meine Verwandten aufzusuchen. So suchten wir im Telefonbuch, und da gab es so viele Borges – ebensogut hätte es keinen einzigen geben können. Ich hatte fünf Seiten Verwandte. Unendlich und Null sind einander ähnlich. Ich konnte ja nicht fünf Seiten Leute anrufen und fragen: «Sagen Sie, gab es in Ihrer Familie einen Kapitän Borges de Ramallo, der sich gegen Ende des 18. oder zu Beginn des 19. Jahrhunderts nach Brasilien einschiff-

te?...» *Aber leider entdeckte ich einen Feind von Camoens, der Borges hieß und sich mit ihm duellierte.*

Vielleicht war es doch kein Verwandter von Ihnen ...

Ich will mein Möglichstes tun, damit er es nicht ist, es ist ja so leicht, die Vergangenheit zu verändern.

Wie sehen Sie heute den Borges, der mit zwanzig Jahren in Spanien war?

Ich bewunderte Rafael Cansinos Assens, einen fast vollständig vergessenen spanischen Schriftsteller. Und ich hatte wie heute eine große Begeisterung für die Literatur und einen Glauben an die Metapher, den ich nicht mehr habe. Ich weiß nicht, warum ich auf den Gedanken kam (wie früher schon Lugones[5]), daß die Metapher das wesentliche Element der Poesie ist. Logischerweise würde ein guter Vers ohne Metapher – und den findet man leicht – genügen, um diese Theorie zu entkräften – natürlich abgesehen von den unvermeidlichen Metaphern, die die Sprache ausmachen. Außerdem haben wir das Beispiel der Volkspoesie aller Länder, in der es kaum bildliche Ausdrücke gibt. Die Bildungsliteratur ist ganz vernarrt in die Metapher als Wesenselement der Poesie. Ganz gewiß beginnt die Poesie nicht mit der Metapher, und ich habe sogar den Verdacht, daß von urwüchsigen Leuten der Unterschied zwischen direkter und übertragener Bedeutung gar nicht gesehen wird. Ich habe einmal geschrieben, daß der Gedanke, Thor sei der Gott des Donners, schon ziemlich kompliziert ist.

Möglicherweise war Thor Getöse und Gottheit, und man unterschied nicht so sehr zwischen beidem. Ich denke, primitive Menschen sind wie Kinder und machen zwischen Schlafen und Wachen keinen großen Unterschied. Einer meiner Neffen (alte Leute denken nun mal an die Neffen) erzählte mir, er habe vor vielen Jahren geträumt, er ginge durch einen Wald, verirrte sich und kam schließlich an ein weißes Holzhaus; die Tür ging auf und heraus kam ich. Und dann fragte mich der Kleine: «Sag mal, was machtest du denn in dem Haus?» Für ihn waren Wirklichkeit und Traum nicht etwas Verschiedenes.

Übersicht über das Werk

Welches Ihrer drei ersten Bücher: *Fervor de Buenos Aires,
Cuaderno San Martin* und *Luna de enfrente* hat Ihnen die
größte Befriedigung bereitet?
Das erste, Fervor de Buenos Aires, *denn darin erkenne ich
mich immer noch, wenn auch zwischen den Zeilen. Dagegen
sind die beiden anderen Bücher mir heute fremd, mit Ausnahme des einen oder anderen Textes, z. B.* La noche que en el Sur
lo velaron *(Die Nacht, als sie im Süden die Totenwache für ihn
hielten); das ist ein Gedicht, das ich heute leicht geändert,
etwas abgemildert, schreiben würde. Dagegen war* Luna de
enfrente *(Vor mir der Mond) ein Buch, das geschrieben wurde,
um ein Buch zu schreiben – was der schlechteste Anlaß ist. Die
Bücher müssen sich selber schreiben, vermittels des Autors
oder gegen ihn. Aber es war so, daß Evar Méndez*[6] *ein Buch
von mir herausbringen wollte, er kannte einen Drucker mit
Namen Piantanida, es würde ein sehr schönes Buch werden,
und es sollte eben dieser Theorie entsprechen, daß das Wesen
der Poesie die Metapher ist und so weiter. Ich schrieb das
Buch und beging dabei den kapitalen Fehler, mich «argenti-
nisch» zu gebärden, dabei bin ich ja Argentinier und brauchte
mich nicht als solcher zu verkleiden. In dem Buch verkleidete
ich mich als Argentinier, genauso, wie ich mich in* Inquisiciones *als großer, klassischer, latinisierender spanischer Autor
aus dem 17. Jahrhundert verkleidete. Beide Hochstapeleien
mißlangen. So daß ich also von den drei Büchern nur noch
eines gern habe, wenn ich es auch sehr verändert habe – aber
nichts dazugetan, ich vermittle nur etwas wirksamer das, was
meine literarische Unerfahrenheit in der ersten Auflage nicht
so herausbrachte. Also ich habe aus dem Buch das gemacht,
was es zu sein versuchte.*
Was denken Sie über Ihre späteren Bücher?
*Meine Freunde sagen, meine Erzählungen seien viel besser als
meine Gedichte, ich hätte in der Lyrik nichts zu suchen und
sollte keine Verse schreiben, aber mir gefallen die Verse, die
ich mache. Es gibt zwei Bücher, die mir einigen Ruhm
eingetragen haben:* Ficciones *und* El Aleph, *also die phantastischen Erzählungen; aber heute würde ich solche Erzählungen nicht mehr schreiben. Ich finde sie nicht schlecht, aber es*

*ist eine Gattung, an der ich heute nicht mehr interessiert bin
(oder die ich heute nicht mehr leisten kann, und darum sage
ich, daß sie mich nicht interessiert). Mir gefällt* El informe de
Brodie *besser, und vielleicht das Buch, das ich gerade schreibe und dessen Titel sich mir noch nicht offenbart hat, aber
niemand teilt meine Ansichten. Außerdem hatte ich das
Mißgeschick, eine total falsche Geschichte zu schreiben:*
Hombre de la esquina rosada. *Im Vorwort zu* Historia universal de la infamia *wies ich darauf hin, daß sie absichtlich falsch
wäre. Ich wußte, daß die Geschichte unmöglich sei, phantastischer als irgendeine meiner willentlich phantastischen
Erzählungen, und dennoch verdanke ich meinen geringen
Ruhm dieser Geschichte.*

Das scheint mir aber eine Übertreibung zu sein.

Und obgleich ich danach eine andere Erzählung schrieb,
Historia de Rosendo Juárez, *gewissermaßen als Gegengift, hat
kein Mensch die ernstgenommen. Ich weiß nicht, ob sie
gelesen wurde oder ob man so tat, als ob man sie nicht gelesen
hätte oder ob man sie als einen Mißgriff von mir ansah.
Tatsächlich wollte ich die gleiche Geschichte so berichten, wie
sie sich zugetragen haben könnte, so, wie ich wußte, daß sie
sich zugetragen haben könnte, als ich* Hombre de la esquina
rosada *1930 in Adrogué schrieb. Die Tatsache, daß der
Sprecher bis zum Schluß verhehlt, daß er der Mörder ist, ist
falsch und durch nichts zu rechtfertigen; die Sprache ist, weil
zu* criollo (argentinisch-folkloristisch, Anm. d. Üb.), *kari-
kiert. Vielleicht war das Falsche an der Geschichte eine
Notwendigkeit. Denn die Erzählung paßte zu den nationalen
Eitelkeiten, zu der Vorstellung, daß wir so mutig sind oder es
waren; deshalb vielleicht gefiel sie. Als ich die Fahnen für eine
Neuauflage lesen mußte, war ich ziemlich peinlich berührt
und versuchte, die* criolladas, *die allzu auffällig und eben
darum allzu falsch waren, etwas zu mildern. Das Eigenartige
ist, daß die Leute, die diese Geschichte bewundern, sie*
Hombre de la Casa Rosada[7] *nennen und meinen, ich bezöge
mich auf den Präsidenten der Republik.*

Und Ficciones?

*Ich erinnere mich nicht mehr so genau an die Erzählungen,
ich verwechsele so leicht* Ficciones *und* El Aleph, *aber ich
denke, so schlecht sind sie nicht.* El Aleph *gefällt mir. Ich*

erinnere mich, daß meine Familie nach Montevideo gefahren war; ich blieb allein in Buenos Aires, und beim Schreiben lachte ich, weil ich sie so lustig fand. Und danach gab es eine Geschichte, die Las ruinas circulares *(Die Ruinenkreise) heißt, mit der mir etwas passierte, was mir noch nie passiert ist. Das einzige Mal in meinem Leben war ich, während der Woche, die ich für die Geschichte brauchte (was für mich nicht etwa Langsamkeit sondern Schnelligkeit bedeutet), völlig außer mir durch diese Idee von dem geträumten Träumer. Ich versah also meine bescheidenen Aufgaben in der Bücherei im Stadtteil Almagro schlecht; ich traf mich mit meinen Freunden, aß eines Freitagsabends mit Haydée Lange, ging ins Kino, lebte wie gewöhnlich und spürte doch gleichzeitig, daß alles falsch war, daß das wirklich Wahre die Geschichte war, die ich mir ausdachte und schrieb, so daß, wenn ich von dem Ausdruck Inspiration reden kann, ich mich auf jene Woche beziehe, denn niemals ist mir etwas Ähnliches zugestoßen.*

Und mit der Lyrik auch nicht?

Nein, mit der Lyrik ist es anders. Zum Beispiel die Milongas[8] *haben sich von allein geschrieben. Ich bin durch die Korridore der Nationalbibliothek gelaufen, ich bin durch die Straßen der Südstadt gewandert, die ich so liebe; durch den Norden und das Zentrum, und plötzlich merkte ich, daß irgendwas passieren würde. Da versuchte ich, meine Ohren zu spitzen, versuchte, nicht einzugreifen, und da begriff ich, daß das, was passierte, eine* Milonga *war. Die* Milongas *haben sich selbst komponiert, und ich glaube, ich brauchte sie gar nicht zu schreiben, ich mag ein oder zwei Worte verändert haben, aber mehr nicht. Das ist alles aus einem alten* Criollo-*Grund aus mir herausgekommen und war überhaupt keine Anstrengung für mich. Dabei kann ich mich nicht dazu verpflichten, ein Buch mit* Milongas *zu schreiben, denn das hängt von solchen Augenblicken, solchen Besuchen des Heiligen Geistes ab, wenn das auch eitel klingt und eitel ist. Dagegen ist z. B. ein Sonett etwas anderes, sogar für die Reime. Man muß sich einen Reim wählen und daran denken, daß die Worte, die sich reimen sollen, nicht allzu verschieden voneinander sind; ich würde sagen, es gibt natürliche und gekünstelte Reime.* Reflejo *und* Espejo *(Reflex und Spiegel) sind natürliche Reime, denn sie beziehen sich auf Ähnliches; auch* turbio *und*

suburbio *(trüb und Vorstadt)*. *Dagegen weiß ich bei dem Beispiel von Lugones* En inmensas dosis / de apoteosis *(eine immense Dosis von Apotheose ...) nicht, ob das Wort* dosis *nach dem Wort* apoteosis *sucht.*
Keinesfalls.
Natürlich, glaube ich auch nicht; er hat das natürlich absichtlich gemacht. Was ich meine, ist, daß im Fall der Sextinen, wie in der Milonga de los hermanos *(Minlonga der Brüder) all das von allein gekommen ist, ich habe die notwendigen Reime gefunden — oder sie mich. Eins meiner Bücher, das mir gefällt, obwohl ich nicht weiß, ob es den Lesern gefallen hat, heißt* El Congreso; *das habe ich nämlich lange mit mir herumgetragen, ohne den Mut zu finden, es zu schreiben, ich dachte viele Jahre darüber nach, und endlich sagte ich mir: «Schön, ich habe nun meinen Ton gefunden, meinen geschriebenen Ton, das heißt, ich kann die Dinge nicht viel besser noch viel schlechter machen, ich werde es einfach schreiben», und dann habe ich es geschrieben.*
Die Metaphysik und die religiöse Kosmogonie haben versucht, die Welt auf Symbole oder Ur-Ideen zurückzuführen. Was bedeutet die Geschichte von dem sinnlosen Kongreß (die Unwahrscheinlichkeit, die Vielfalt der Erfahrung auf wenige ideale Darstellungen zu reduzieren) im Hinblick auf die herkömmliche Metaphysik?
Die Antwort ist einfach — oder relativ einfach. Die Mitglieder des Kongresses *wollen im Grunde die Welt auf einige wenige Symbole zurückführen, sie scheitern, wie man immer bei solchen Versuchen gescheitert ist, und die Originalität meiner Fabel besteht darin, daß für sie dieses Scheitern, die Anerkennung der Pluralität, der nicht reduzierbaren Vielfalt der Welt, nicht als Scheitern, sondern als Erfolg gewertet wird. Natürlich weiß ich nicht, ob diese mystische Erfahrung möglich ist. Wenn sie auch nicht für das Bewußtsein der Menschen möglich ist, so war sie auf jeden Fall während der Zeit, als ich die Geschichte schrieb, für meine Vorstellung erreichbar. Der Kongreß wächst und wächst, er umfaßt das Universum, oder, wie William James sagen würde, das Pluriversum, er umfaßt die Vielfalt der Dinge, aber man sieht darin nicht eine Niederlage, sondern eine Art Sieg. Für meine Person habe ich diese Erfahrung nicht gemacht, aber für den Zweck meiner*

Fabel, glaube ich, können wir uns eine Anzahl Individuen
vorstellen, oder besser, ein einziges Individuum (denn der, der
die Erfahrung macht, ist der Gutsbesitzer, eine starke Persön-
lichkeit), das den andern diesen Glauben einflößt, zumindest
im Verlauf der letzten Nacht, als sie die ganze Stadt durch-
streifen, die Stadt, die sich nicht verändert hat, aber in der sie
die Ausführung ihres unmöglichen Plans erkennen. Nun
möchte ich wiederholen, daß ich keinem philosophischen
System anhänge, außer, und hier könnte ich mit Chesterton
übereinstimmen, dem System der Ratlosigkeit. Ich stehe ratlos
vor den Dingen, und in dieser Geschichte wollte ich die
Ratlosigkeit auf eine Art Glaubensakt reduzieren. Was den
Tantra-Buddhismus angeht – ich habe den Buddhismus
studiert, ich kenne ihn, ich glaube, es ist eine Art magischer
Buddhismus, (ich erinnere mich an die Stiche in einem Buch,
in dem die Symbole aufgezeichnet sind, die Jung in einem
andern Buch reproduziert hat), aber als ich die Erzählung
schrieb, habe ich an nichts dergleichen gedacht. Ich habe nur
an die Geschichte gedacht, an die von Leuten, die etwas so
Riesiges planen, daß es schließlich im Universum aufgeht, die
das aber nicht als Niederlage sehen, so wie die Gestalten bei
Kafka, sondern als einen Sieg, einen geheimnisvollen Sieg.
Das ist alles, was ich dazu sagen kann. Aber es hat meinen
Freunden nicht gefallen.
Warum meinen Sie das?
Weil meine Freunde finden, alles, was ich dort sage, hätte ich
schon besser in früheren Büchern gesagt, und sein einziger
Wert bestünde darin, daß es eine Art Zusammenfassung
meiner Opera Omnia *wäre. Néstor Ibarra z. B., ein Freund,*
dessen Meinung ich sehr vertraue, meinte, es sei ein nutzloses
Buch, denn es wäre praktisch in den früheren enthalten. Aber
das glaube ich nicht, denn dort wird eine mystische Erfahrung
beschrieben, die ich nicht gehabt habe, aber die ich mir
vorzustellen versuchte: die Idee von Leuten, die eine Arbeit auf
sich nehmen, die so grenzenlos ist, daß sie mit dem Universum
zusammenfällt, und die das nicht, wie es in einem Kafka-Text
passieren würde, als Enttäuschung empfinden würden, son-
dern im Gegenteil, als Befriedigung. Ich glaube, dieser Teil ist
ganz gut herausgekommen: dieser letzte Gang durch die
Stadt und der letzte Entschluß, nicht mehr zusammenzukom-

men, weil sie die Begeisterung dieses Augenblicks nicht mehr nachvollziehen könnten. Mich persönlich hat das bewegt, als ich es schrieb, und die Gestalten gefielen mir auch, und ich empfand sie als wirklich. Aber ein Schriftsteller kann sich so irren! Das habe ich z. B. bei den Straßennamen gemerkt. In dem Buch werden fast ausschließlich, außer der Mauer um die Recoleta[9], Orte aus dem Süden der Stadt genannt, und mich bewegt der Süden. Ein Versuch, den man machen könnte, wäre, eine Geschichte mit Ortsnamen zu schreiben, und dann die Ortsnamen durch andere zu ersetzen, die einem nichts sagen. Z. B. meine Geschichten von Palermo nach Flores verlegen, um zu sehen, ob sie mir immer noch gut vorkommen, aber ich wage das nicht. Nicht mal mit den Geschichten aus Adrogué oder Temperley. Wenn ich sie nach San Isidro oder Martínez[10] verlegen würde, dann würde ich merken, daß sie nichts wert sind. Schließlich ist der Nimbus der Wörter wichtig, warum nicht der Nimbus der Eigennamen?

Aber diese Geschichten haben Erfolg, und wer sie liest, kennt keinen einzigen der Orte.

Das stimmt. Das bedeutet, daß die Leute sich leicht irren, oder daß sie großzügig sind.

Oder, daß man auf geographische Worte verzichten kann, weil der Ton auf der Prosa oder der Poesie liegt, die überdauern.

Ich erinnere mich, daß ich eine sehr gute Erzählung von Peyrou[11] las, La noche repetida (Wiederholte Nacht), und da fand ich einen Satz, der mir die Tränen in die Augen trieb: «Dies Mädel[12] mit dem geblümten Rock, das an einer Ecke der Calle Nicaragua auf mich zu warten pflegte...» Und ich dachte: Was bin ich doch für ein Dummkopf, denn die Calle Nicaragua sagt mir etwas, aber Leuten, die in einem andern Viertel wohnen, braucht er überhaupt nichts zu bedeuten.

Das heißt also, daß Sie sentimental sind.

Na und ob!

Woher kommt dieser Drang, jeden Tag, und sei es nur eine Zeile, zu schreiben?

Um mich vor mir selbst zu rechtfertigen, und weil ich fürchte, wenn ich etwas nicht diktiere, dann vergesse ich es. Außerdem kann ich dann des Nachts denken: Das habe ich geschrieben, jene Arbeit ist vorangekommen, das beruhigt mich.

Hatten Sie schon als Kind die Idee, Schriftsteller zu werden?
*Bevor ich eine einzige Zeile geschrieben hatte. Aber das hatte
ein bißchen seinen Grund in einer schweigenden Überein-
kunft in meiner Familie, denn mein Vater hätte gern Schriftsteller werden wollen und konnte es nicht. Er hinterließ ein
paar Sonette, einen Roman und vernichtete viele Arbeiten.
Also ergab es sich, schweigend, was die wirksamste Art ist,
daß etwas verstanden wird, daß ich dieses Ziel erreichen
sollte, das meinem Vater verwehrt geblieben war. Das wußte
ich von klein auf.*

Seine Themen

Wann, wo und warum erscheint das Labyrinth als Thema?
*Ich erinnere mich an ein Buch mit einem Stahlstich von den
sieben Weltwundern; darunter war auch das kretische Labyrinth. Ein Gebäude, ähnlich wie eine Stierkampfarena, mit
sehr kleinen Fenstern, eigentlich nur Schlitzen. Als Kind
dachte ich, wenn ich dieses Bild genau ansähe, mit Hilfe einer
Lupe, könnte ich vielleicht den Minotaurus erblicken. Außerdem ist das Labyrinth ein Symbol der Ratlosigkeit, und das
Staunen, aus dem nach Aristoteles die Metaphysik entspringt,
ist eine der häufigsten Empfindungen meines Lebens gewesen
wie bei Chesterton, der gesagt hat: Alles vergeht, aber immer
bleibt uns das Staunen, vor allem das Staunen vor dem All-
täglichen. Um diese Ratlosigkeit, die mich durch mein Leben begleitet hat und die bewirkt, daß viele meiner Handlungen mir
selbst unerklärlich sind, auszudrücken, habe ich das Symbol
des Labyrinths gewählt, oder, besser gesagt, das Labyrinth
wurde mir aufgezwungen, weil die Idee eines Gebäudes, das
so gebaut ist, daß jemand sich darin verirrt, das Symbol ist,
das zwangsläufig die Ratlosigkeit bedeutet. Ich habe verschiedene Variationen über das Thema versucht, die mich
zum Minotaurus gebracht haben und zu Erzählungen wie* La
casa de Asterión. *Asterión ist einer der Namen des Minotaurus. Dann findet sich das Thema des Labyrinths ausgesprochen in* La muerte y la brújula, *in verschiedenen Gedichten
meiner letzten Bücher, und in einem, das ich noch veröffentlichen werde, gibt es auch ein Gedicht über den Minotaurus.*

Und die Spiegel?

Die kommen daher, daß wir zu Hause einen großen Spiegelschrank mit drei Spiegeln hatten, Hamburger Stil. Diese Mahagonikleiderschränke, die damals in allen argentinischen Häusern standen... Ich ging ins Bett und sah mich in diesem Spiegel verdreifacht, und ich hatte Angst, daß diese Bilder nicht genau mir entsprächen, und wie schrecklich es wäre, wenn ich mich in einem von ihnen anders sähe. Das verband sich mit einem Gedicht über den Verschleierten Propheten von Chorassan, *den Mann, der sein Gesicht verhüllt, weil er aussätzig ist, und mit dem* Mann mit der Eisernen Maske, *aus einem Roman von Dumas. Diese beiden Ideen kamen zusammen: die von einer möglichen Veränderung im Spiegel und der Gedanke, im Spiegel entsetzlich auszusehen. Und natürlich auch, weil der Spiegel mit dem schottischen Gedanken des* Fetch *zusammenhängt (der so heißt, weil er die Menschen ins Jenseits holt), mit dem deutschen Begriff des Doppelgängers, der neben uns hergeht, was wiederum das Thema von Jekyll und Hyde und vielen anderen Dichtungen bildet. Also empfand ich Grauen vor Spiegeln, ich schrieb ein Gedicht, in dem ich von diesem Grauen spreche, das ich mit dem pythagoreischen Satz zusammenbringe, daß ein Freund ein anderes Ich ist. Mir fiel ein, daß er vielleicht den Gedanken von einem andern Ich gehabt hat, als er sein Spiegelbild in einem Spiegel oder im Wasser sah. Als ich klein war, wagte ich niemals, meinen Eltern zu sagen, sie sollten mich in einem vollkommen dunklen Zimmer schlafen lassen, um nicht diese heimliche Angst zu empfinden. Bevor ich einschlief, öffnete ich mehrmals die Augen, um nachzusehen, ob die Spiegelbilder in den drei Spiegeln weiterhin getreulich so aussahen, wie ich mich mir vorstellte, oder ob sie sich geschwind und aufregend verändert hätten. Dazu kam der Gedanke von der Vielfalt des Ich, daß das Ich wechselhaft ist, daß wir derselbe und andere sind; das habe ich oft verwandt. In einem Buch von mir steht eine Erzählung mit dem Titel* El otro *(Der Andere), in der ich eine Variation über dieses von so vielen Autoren behandelte Thema – Poe, Dostojewsky, Hoffmann, Stevenson – versuche.* Die wiederkehrenden Zyklen, diese ganze kreisende Welt, woher kommt die?

Mein Vater war der erste, der davon sprach. Ich glaube, er hatte darüber in den Dialogues About Natural Religion *von dem schottischen Philosophen Hume aus dem 18. Jahrhundert gelesen. Der Gedanke ist folgender: Wenn die Welt aus einer begrenzten Anzahl von Elementen besteht, wenn die Zeit unendlich ist und wenn jeder Moment vom vorigen Moment abhängig ist, dann genügt es, daß sich ein Moment im kosmischen Prozeß wiederholt, damit sich die folgenden wiederholen, und dann hätten wir, wie es die Pythagoreer und die Stoiker glaubten, eine universelle zyklische Geschichte. Es heißt, das käme aus Indien, aber in den indischen Kosmogonien, im Buddhismus z. B., wiederholen sich die Zyklen, aber sie sind nicht identisch: d. h. jemand lebt nicht sein eigenes Leben eine unbestimmte oder unendliche Zahl von Malen, sondern jeder Zyklus beeinflußt den folgenden, und so können wir zu Tieren, zu Pflanzen, zu Dämonen, zu Gespenstern absteigen, oder wir können wiederum Menschen werden und schließlich unsere Identität verlieren. Das wäre das Nirwana, die höchste Glückseligkeit, in das Rad des Lebens zu fallen und frei vom Leben zu sein. Diese Idee hat mich außerordentlich beeindruckt, und ich habe sie später vielfach verwandt. Persönlich glaube ich nicht daran. Ich glaube nicht nur nicht daran, sondern, wie ich in einem Artikel* La doctrina de los cielos *dargelegt habe: Wenn dies das tausendste Mal ist, daß wir uns unterhalten, dann ist es in Wirklichkeit das erste Mal, denn ich erinnere mich nicht an die vorigen Male. Ein Argument, das zugunsten dieses Gedankens angeführt wird –Dante Gabriel Rossetti hat ein sehr schönes Gedicht darüber gemacht* (I have been here before, / when, where or how I cannot tell: / I knew the grass beyond the door, / the keen, sweet smell, / the sighing sounds, the lights around the shore. / You have been mine before . . .) *– ein Argument ist, daß, wenn ich diesen Augenblick schon gelebt zu haben glaube, eben dies eine Veränderung einbringt, denn, angenommen, dies wäre das zweite Mal, daß ich diese Unterhaltung führe und denke: «Hierüber habe ich schon mit María Esther Vázquez gesprochen, und ich habe ihr die gleichen Dinge in diesem gleichen Raum in der gleichen Nationalbibliothek gesagt», dann wäre das beim ersten Mal nicht passiert, und dann wären die Zyklen nicht identisch. Die Tatsache, daß man sich an einen*

86

vorigen Zyklus erinnert, wäre in Wirklichkeit ein Argument gegen die Zyklus-Doktrin. Wenn wir außerdem eine unbestimmte oder unendliche Folge von Leben annehmen, so werden wir uns jedesmal besser an die Dinge erinnern, und das wird uns vielleicht unser Verhalten verändern lassen, womit die Theorie in sich zusammenfiele.

Sprechen wir vom Thema der Tiger.

Das Thema habe ich in einem Gedicht mit dem Titel Das Gold der Tiger *erklärt. Wir wohnten in der Nähe des Zoologischen Gartens; ich war häufig dort, aber die Tiere, die mich als Kind am meisten beeindruckten, waren, außer den Bisons, die Tiger. Besonders der große bengalische Tiger. Ich konnte ihn stundenlang beobachten. Ich war beeindruckt von dem goldenen Fell und natürlich von den Streifen. Auch die Leoparden, Jaguare, Panther, verwandte Tiere, imponierten mir. In jenem Gedicht sage ich, daß die erste Farbe, die ich wahrnahm, nicht optisch, sondern gefühlsmäßig, das Gelb der Tiger war, und jetzt, wo ich beinahe blind bin, ist Gelb die einzige Farbe, die ich unweigerlich erkenne. So gehört das Gelb zum Anfang und zum Ende meines Lebens. Darum, und nicht aus Gründen modernistischen[13] Dekors nannte ich das Buch* Das Gold der Tiger. *Dazu kommt, daß man beim Tiger an Macht und an Schönheit denkt. Ich erinnere mich, daß meine Schwester einmal diese merkwürdige Bemerkung machte: «Die Tiger sind für die Liebe gemacht.» Das erinnert mich an eine Verszeile von Cansino Assens, wo er zu einer Frau sagt: «Ich werde ein Tiger an Zärtlichkeit sein.» Einen ähnlichen Satz fand ich bei Chesterton, wo er sich auf den Tiger in William Blakes Gedicht bezieht, einem Gedicht über den Ursprung des Bösen (warum Gott, der das Lamm gemacht hat, auch den Tiger schuf, der es verschlingt), und wo er sagt: «Der Tiger ist ein Symbol grausiger Eleganz.» Da sind die Ideen von Schönheit und Grausamkeit, die man den Tigern zuschreibt, verbunden.*

Wahrscheinlich sind sie gar nicht grausamer als andere Tiere; ebenso schreibt man dem Fuchs Schläue, dem Löwen Majestät zu; das sind Konventionen aus den Fabeln, möglicherweise denen von Äsop.

Und die Messer- und Mut-Sekte, alles, was dazu gehört?

Da würde ich zwei Wurzeln finden: eine in der Tatsache, daß

87

viele meiner Vorfahren Militärs waren, einige fielen in Schlachten, und mir blieb dies Schicksal versagt. Die andere Wurzel wäre, daß man diesen Wagemut bei armen Leuten findet, bei den compadritos de las orillas *(Aufspieler, Händelsucher, eine sehr argentinische Gestalt, Anm. d. Ü.), die, wenn überhaupt, nur eine Religion kannten: daß ein Mann kein Waschlappen sein dürfe. Außerdem war im Fall des* compadrito *dieser Mut uneigennützig, denn im Unterschied zu den Gangstern oder gemeinen Verbrechern sind diese Leute gewalttätig aus Lust oder aus politischen Gründen. In einer skandinavischen Sage fand ich einen Satz, der genau auf diesen Gedanken paßt. Wikinger, die andere treffen und diese fragen, ob sie an Odin oder an den weißen Christus glauben, und einer von ihnen antwortet: «Wir glauben an unseren Mut.» Das entspricht der Ethik der Messerhelden.*

Ein anderes wichtiges Thema wäre die Stadt Buenos Aires.

Was Buenos Aires anbelangt, so wird jedermann gemerkt haben, daß es sich nicht um das heutige, sondern um das Buenos Aires meiner Kindheit und davor handelt. Ich bin 1899 geboren, und im allgemeinen ist mein Buenos Aires ein wenig vage und spielt etwa um die neunziger Jahre. Das tue ich erstens, weil «alle Vergangenheit besser war», und zweitens, weil ich glaube, daß es ein Irrtum ist, strikt zeitgenössische Literatur zu schreiben; wenigstens ist dieser Begriff gegen alle Tradition. Ich weiß nicht, wie viele Jahre nach dem Trojanischen Krieg Homer geschrieben hat. Außerdem gibt es da einen praktischen Nachteil: Wenn ich über ein zeitgenössisches Ereignis schreibe, mache ich den Leser zum Spion, denn er wird nach Fehlern suchen. Wenn ich dagegen sage, daß die und die Geschehnisse sich in Turdera oder am Rande von Palermo um 1890 herum zutrugen, dann weiß niemand genau, wie man in diesen Vierteln sprach oder wie sie waren, und das läßt dem Autor größere Freiheit. Da außerdem das Gedächtnis selektiv ist (wie Bergson sagte), so scheint man besser mit Erinnerungen arbeiten zu können als mit der Gegenwart, die uns bedrückt und quält. Wenn wir übrigens über die Gegenwart schreiben, laufen wir das Risiko, eher Journalisten als Schriftsteller zu sein.

Es fehlt noch das Thema des Säbels.

Das steht in Verbindung mit dem des Mutes und hat seinen

Ursprung in zwei Säbeln, die es im Hause meines Großvaters Borges gab. Einer davon hatte dem General Mansilla gehört. Er war mit dem Großvater befreundet gewesen, und vor einer seiner Schlachten, im Krieg mit Paraguay, wechselten sie mit einer romantischen Geste, die sie aus irgendeinem französischen Roman hatten, die Säbel am Vorabend der Schlacht. Einer von den beiden befindet sich im historischen Museum am Lezama-Park. Von dem Soldatensäbel ging ich über zu dem Messer des Messerhelden. (Dabei fallen mir zwei Zeilen aus einer Romanze von Lugones ein: «Mit dem patriotischen Säbel, der schon zum Messer heruntergekommen ist...»). Der Säbel ist mehr als andere Waffen das Zeichen des Mutes. Die Feuerwaffen setzen keine Tapferkeit, sondern Zielgenauigkeit voraus. Im Verlorenen Paradies schreibt Milton die Erfindung der Artillerie dem Teufel zu.

Politik, Ehrungen und Vorlieben

Bei einem früheren Interview haben Sie mir erzählt, daß Sie sich für einen Anarchisten halten. Was verstehen Sie unter Anarchismus?
Ich wünsche mir ein Minimum an Regierung, die man gar nicht merkte, die keinen Einfluß hätte. Ein Anarchismus à la Spencer.
War Ihr Vater Anarchist?
Ja. Er sagte, ich solle auf die Fahnen achten, auf die Grenzen, auf die verschiedenen Farben der Länder auf den Landkarten, die Uniformen, Kirchen, denn all das würde verschwinden, wenn der Planet eins wäre und es nur eine städtische Verwaltung, oder polizeiliche, oder überhaupt keine mehr gäbe, wenn die Leute ausreichend zivilisiert wären. Er glaubte, daß uns diese Utopie erwartete; im Augenblick merkt man davon absolut nichts, aber auf die Länge hat er vielleicht recht. Zunächst streben alle Länder danach, sich auszudehnen. Vielleicht, wenn die ganze Welt Rußland oder China oder USA ist, wird man keine Pässe mehr brauchen. Heute ist die Bürokratie sehr störend. Heute morgen mußte ich für das Ministerium irgendwelche Papiere in sechsfacher Ausführung unterschreiben. Das ist Arbeitsbeschaffung für die enorme

Anzahl öffentlicher Angestellter. In diesem Lande wird es binnen kurzem nur noch öffentliche Angestellte geben, angefangen bei der Armee. Ein Straßenfeger ist ein öffentlicher Angestellter; der Präsident ist ein öffentlicher Angestellter. Alle sind öffentliche Angestellte.

Der Direktor der Nationalbibliothek ist ebenfalls öffentlicher Angestellter.

Auch ich bin öffentlicher Angestellter, natürlich.

Was interessiert Sie in diesem Augenblick am meisten, am Leben, in der Welt?

Ich würde gern eine Art von Gelassenheit erreichen, die ich nicht habe. Und augenblicklich interessiert mich das Geschick meines Landes, was sehr wichtig ist. Und schließlich, sogar noch in meinem Alter, lebt man immer noch in der Hoffnung, einen anderen Menschen zu finden, selbst in diesem Alter, wo man weiß, daß solche Hoffnung lächerlich ist und sich nicht erfüllen kann. Was das Bekanntsein oder Unbekanntsein betrifft, so hat mich das nie interessiert: Beide sind sich so ähnlich! Obwohl ich weiß — ich habe Freunde, die hoffnungslos gescheiterte Schriftsteller sind und die sich darum grämen. Schon Schopenhauer sagte, was wir haben, kann uns nicht glücklich machen, aber was wir nicht haben, macht uns gewiß unglücklich. Die Gesundheit z. B.; die Organe des Körpers: Man spürt sie, wenn sie wehtun. Ich glaube, mit dem Geld ist es das gleiche; reiche Leute sind natürlich glücklich und können sogar denken, daß sie keinen Wert auf Geld legen, aber wenn sie keins haben, dann merken sie, daß es sehr wichtig ist. Wie in dem Scherz von Macedonio Fernández, der sagte: «Komisch! Das Atmen war mir bisher völlig egal, aber als ich auf dem Strand von Capurro, Montevideo, von einer Woge überrollt wurde, da interessierte es mich plötzlich sehr. Und dies Interesse» — sagte er — «verschwand, was noch komischer ist, sobald ich wieder in Sicherheit war.» Ungemein interessiert am Atmen, und vorher überhaupt nicht! Auch Bernard Shaw sagte, daß jeder, der Zahnschmerzen hätte, den Fehler beginge, zu glauben, daß die, die keine hätten, glücklich wären. Nicht geliebt werden, krank zu sein, das sind andere Formen des Zahnschmerzes.

Gewiß. Können Sie etwas über die Preise sagen, die Sie bekommen haben?

Über einen habe ich mich sehr gefreut, das war der zweite städtische Preis für Prosa, den ich 1928 oder 1929 bekam. Ich freute mich darüber mehr als über alle folgenden, weil es mein erster war. Außerdem waren 3000 Pesos eine Menge Geld!

Haben Sie sich dafür Bücher gekauft?

Für dreihundert Pesos kaufte ich mir eine etwas veraltete Encyclopedia Britannica, die ich noch habe; die elfte Auflage, die sehr viel besser ist als die jetzige. Denn früher wurde sie von der Oxford University gemacht, und jetzt von irgendeinem nordamerikanischen Verlag, der sich für die langweiligsten Dinge der Welt interessiert: für Statistik z. B. Es ist jetzt ein Buch voller Daten und Zahlen. In der alten Ausgabe dagegen stehen Artikel von Mecaulay, De Quincey, Swinburne, die richtige Essays sind. Jetzt werden die Artikel mit Abkürzungen gemacht: geboren dann und dann, ein Kreuzchen und das Todesdatum, veröffentlichte die und die Bücher, Daten in Klammern, drei Zeilen Beurteilung und fertig; das ist keine Arbeit über einen Schriftsteller, das ähnelt mehr einer Volkszählung oder dem Telefonbuch als einer literarischen Arbeit.

Zurück zum Thema der Ehrungen: Jedes Mal, wenn Sie zum Ehrendoktor einer Universität ernannt werden, freuen Sie sich, es bewegt Sie.

Ja, das ist merkwürdig. Am Abend davor fühle ich mich sehr ungemütlich, ausgesprochen ungemütlich...

Welche Schriftsteller interessieren Sie noch sehr?

Ich glaube, Shaw, Chesterton, Emerson und, als Buch, der Don Quijote. Von argentinischen Büchern gibt es ein ganz großes; hätten wir das zum nationalen Buch erhoben, wäre unser Schicksal anders und besser verlaufen: Der Facundo von Sarmiento. Ich bewundere den Martín Fierro[14] als literarisches Werk, aber nicht als Gestalt; als solche finde ich ihn entsetzlich, und vor allem finde ich es sehr traurig, daß ein Land sich einen Deserteur, einen Mörder, einen Ausbrecher, einen Saufbold, einen Überläufer zum Vorbild wählt. Das muß in jener Epoche sehr selten gewesen sein. Mir scheint, daß Hernández da vorgegriffen hat, denn Martín Fierro ist ein sentimentaler Bösewicht[15], der sein eigenes Unglück beweint. Die Gauchos müssen viel härtere Leute gewesen sein, eher wie die Gauchos von Ascasubi oder Estanislao del Campo[16]. Dieser weinerliche Gauchotyp, den Hernández erfand, vor

Carlos Gardel[17], ist ein Unglück. Ich kann mir keinen Gaucho
vorstellen, der so etwas sagt:
«Das zarte Lämmchen blöckt
neben dem weißen Mutterschaf,
und nach der weidenden Kuh
ruft das Kalb im Pferch;
aber der Gaucho in seinem Elend
hat niemanden, dem er sein Leid klagen kann».
Wenn ein Payador[18] so etwas gesagt hätte, hätte man ihn für
einen Schwulen gehalten. Er wäre von allen verachtet
worden!

Die nordischen Sprachen

Ich würde gerne etwas über Ihre Vorliebe für die skandinavischen Sprachen hören.
*Ich kam über das Angelsächsische darauf, weil ich meinte, es
wäre vor Jahrhunderten die Sprache vieler meiner Vorfahren
gewesen. Aber die angelsächsische Literatur stammt aus dem
VII., VIII. und IX. Jahrhundert, und dann war Schluß, während die skandinavische ihren Höhepunkt im 13. und 14.
Jahrhundert erreicht. Aber es gibt noch eine andere Ursache.
Die Sachsen kamen aus Norddeutschland, aus den Nieder-
landen, aus Dänemark, und sie eroberten England. Zweifellos
bereicherte diese Eroberung sie. Aber wenn man es mit dem
vergleicht, was die Wikinger taten, so ist es wenig. Denken wir
an arme Länder wie Skandinavien, und denken wir daran,
daß Menschen aus jenen Ländern Amerika entdeckten, bis
Byzanz kamen, Reiche in England, in Irland, in der Norman-
die gründeten und in Island eine große Literatur schrieben.
Das bedeutet, daß die germanische Kultur ihren Gipfel in
Island erreichte und dort eine sehr reiche Literatur hervor-
brachte. In den Sagas findet sich alles, was man im heutigen
Roman findet, auf eine zurückhaltendere Art, mit mehr
Anstandsgefühl und wirksamer gesagt. Also weil mich die
germanische Kultur interessiert und sie in ihrer reinsten Form
in Island gipfelte, ist es nur natürlich, daß mich diese Sprache
interessiert. Als ich anfing, sie zu lernen, passierte mir dassel-
be wie mit dem Altenglischen: Es kam mir wie eine plumpe*

Form des Englischen oder des Deutschen vor. Heute dagegen
sehe ich das Angelsächsische als eigene Sprache und empfin-
de die skandinavische Sprache, die noch in Island gesprochen
wird, ebenfalls als eine eigene Sprache. Die Isländer können
ihre Klassiker ohne Erklärung lesen. Ich habe Ausgaben von
den Sagas, von der Heimskringla, *von der* Jüngeren Edda, *von*
Snorri Sturluson, *und diese Bücher haben keine Anmerkun-*
gen, denn jeder Isländer kann sie lesen. Gerade weil das Land
zurückgeblieben ist, hat seine Sprache sich erhalten. Als ob es
heutzutage ein Land gäbe, wo man Lateinisch spricht, nicht
einen lateinischen Dialekt; wo der Mann von der Straße die
Äneis *oder den Tacitus lesen könnte. Dazu hat diese Sprache*
eine ganz besondere Schönheit des Klanges, und durch die
Leichtigkeit, die noch andere germanische Sprachen bewah-
ren, zusammengesetzte Wörter zu bilden, ohne daß diese
Wörter künstlich oder gestelzt klingen. Wenn man eine Spra-
che lernt, sieht man die Wörter mehr aus der Nähe. Wenn ich
Spanisch oder Englisch spreche, höre ich den ganzen Satz; in
einer neuen Sprache dagegen...

...hört man Wort für Wort.

Es ist wie die Lektüre mit der Lupe. Ich empfinde das Wort
stärker als die, die diese Sprache sprechen. Deshalb haben
fremde Sprachen einen Nimbus; es ist da auch der Nimbus des
Altertümlichen, mit dem man zu einer kleinen Geheimgesell-
schaft gehört...

Wie viele Stunden täglich widmen Sie dieser «Geheimgesell-
schaft»?

Nur Sonnabend und Sonntag. Wir sind etwa sieben Personen,
wir setzen uns drei, vier Stunden zusammen und lassen die
Grammatik beiseite. Wir nehmen uns z. B. einen Text aus dem
13. Jahrhundert vor und fangen an, ihn zu entziffern; nur im
äußersten Notfall greifen wir zum Lexikon oder der engli-
schen oder deutschen Fassung. Wir versuchen, den Text zu
verstehen, wir diskutieren ihn, und dann sehen wir nach, wer
recht hat. Das hat schon etwas von Abenteuer an sich, einem
philologischen Abenteuer. Aber zweifellos kann man da auch
übertreiben. Wenn ich sage: «Ein Schiff, das aus den Nägeln
der Toten gemacht wird», so klingt mir das auf Isländisch
schöner; vielleicht ist es das gar nicht. Vielleicht hätte die
spanische Fassung für einen Isländer einen größeren Nimbus.

93

Leben, Fehler und Tugenden

Wenn Sie Ihr Leben zusammenfassen: Welche Augenblicke darin scheinen Ihnen die wichtigsten gewesen zu sein?
Meine erste Rückkehr nach Buenos Aires. Und dann ganz intime Augenblicke, sehr glückliche, und auch wenn ich schreibe empfinde ich eine gewisse Befriedigung, selbst wenn mir das Geschriebene nicht gefällt. Ich habe festgestellt, daß die Befriedigung, die man beim Schreiben empfindet, sehr wenig mit der Qualität des Geschriebenen zu tun hat, was mit jenem Ausspruch Carlyles übereinstimmt: «Alles Menschenwerk ist wertlos, aber das Ausführen des Werkes ist wichtig.» Wenn man etwas geschaffen hat, so mag das keinen großen Wert haben; es ist Menschenwerk mit allen menschlichen Unvollkommenheiten, aber die Tatsache des Schaffens, die ist interessant. Dann habe ich Erinnerungen an die Kindheit, Reitausflüge, daß ich beim Schwimmen sehr glücklich war, Erinnerungen an Orte... Aber Marcel Proust sagte, wenn man sich nach einem Ort zurücksehnt, so ist es eher die Zeit, die zu diesem Ort gehört, nach der man sich zurücksehnt; man vermißt nicht die Orte, sondern die Zeiten. Wenn ich also daran denke, daß ich mich zuweilen in Texas glücklich gefühlt habe, so ist der Grund, daß ich in dem betreffenden Augenblick glücklich war, wenn ich aber jetzt nach Texas zurückkehren würde, gäbe es keinerlei Grund, warum ich dort glücklich sein sollte. Oder wenn ich wußte, daß ich in wenigen Tagen nach Buenos Aires zurückkehren würde. Aber dabei war immer etwas Angst, denn es konnte ja immer etwas geschehen, das die Rückkehr erschwerte.
Ist Ihnen die Rückkehr nach Buenos Aires immer sehr wichtig?
Ja, sehr, und sogar auf einer meiner letzten Reisen, bei denen ich wußte, daß ich nicht zu etwas besonders Angenehmem zurückkehrte, zurück zu einer keineswegs entzückenden Routine. Aber ich habe immer das Gefühl gehabt, Buenos Aires zu mögen. So sehr, daß ich nicht mag, daß andere es mögen, eine eifersüchtige Liebe. Wenn ich im Ausland war, z. B. in USA, und jemand sprach davon, Südamerika zu besuchen, habe ich ihm zugeredet, Kolumbien zu besuchen, ihm Montevideo empfohlen. Buenos Aires, nein. Es ist eine zu graue, zu große,

*trübe Stadt, sage ich zu ihm – aber das tue ich, weil es mir so
scheint, als hätten die anderen kein Recht, die Stadt zu
mögen.*

*Außerdem ist einem das, was den Fremden gefällt, meistens
ganz gleichgültig. Der Gedanke, sich an dem Teich im
Palermo-Park zu erfreuen, am Obelisken oder an der Calle
Florida, ist ziemlich traurig. Sich für den Wolkenkratzer des
Cavanagh-Gebäudes zu begeistern ist verrückt. Oder für Orte
im Süden der Stadt, die total unecht sind. Ein Einwohner von
Buenos Aires hat das Gefühl, die wären nächste Woche
gebaut worden, sozusagen.*

Sind Sie eifersüchtig?

*Ja, ich versuche, es nicht zu sein, aber ich bin es. Ich sehe es als
einen Fehler an.*

Welche Fehler haben Sie?

Ich glaube, eine übermäßige Eitelkeit.

So sehen Sie aber nicht aus.

Doch, ich bin es, mit einer gewissen Schläue.

Aber wenn Sie sich nichts aus dem Erfolg machen ...

*Der Erfolg ist etwas so Flüchtiges ... Außerdem, wenn man so
alt geworden ist wie ich, hat man so viele Erfolge gesehen, daß
sie schon vergessen sind. Ich werde Ihnen ein hervorstechen-
des Beispiel nennen. 1910 glaubte man, der beste Schriftsteller der französischen Literatur, das heißt der Weltliteratur –
denn so dachte man damals – sei Anatole France. Heutzutage
klänge das ein wenig nach plumper Ironie, aber zu jener Zeit
glaubte man, er sei ein so großer Schriftsteller wie Voltaire.
Natürlich, Anatole France hatte Buenos Aires besucht, wir
alle empfanden uns ein wenig mehr als wirklich, weil Anatole
France wußte, daß es uns gibt. Wir verziehen ihm sogar den
einen oder den anderen Ausrutscher. Als er nach Montevideo
kam, sagte er, er hätte immer schon nach Uruguay reisen
wollen, weil ihm der uruguayische Kaffee so gut schmeckte.*

Also das muß ja wohl noch bewiesen werden, nicht wahr? ...

*Natürlich war es ein Informationsfehler seines Sekretärs, der
zu ihm gesagt hatte: «In Uruguay müssen Sie von Kaffee
sprechen.»*

Sie meinen also, Sie sind eitel.

*Ja, das glaube ich, und trotzdem kommt es mir sonderbar vor,
daß die Leute mich ernst nehmen. Ich glaube auch; daß ich*

95

leicht dogmatisch werde und meine, die anderen müßten so denken wie ich.

Das meinen wir alle.

Ich erinnere mich an einen Satz von Swift: «Wie klug ist jener Autor, wenn er das sagt, was ich mein ganzes Leben lang gedacht habe!»

Und was, glauben Sie, sind Ihre Vorzüge?

Bescheidenheit. Ich glaube, ich habe ein Gefühl für Worte, für Literatur, ein Gefühl für den Vers – nicht, wenn ich ihn schreibe, wenn ich ihn lese –, das andere Leute nicht haben. Ich glaube, ein Wort kann mich rühren. Zudem glaube ich, im Gegensatz zu dem, was man allgemein annimmt, daß die Schönheit nicht etwas Seltenes, sondern etwas ganz Gewöhnliches ist. Z. B. kenne ich nichts aus der ungarischen Literatur, und doch bin ich sicher, daß ich auch dort das finden würde, was ich in andern Literaturen finde. Ich weiß nichts von der Poesie der Afghanen, und doch glaube ich, sie könnte mir das geben, was mir andere geben. Ich muß allerdings gestehen, daß ich noch keinen australischen Schriftsteller gefunden habe, der meine Aufmerksamkeit erregt hat, aber ebenso gestehe ich, daß ich noch keinen gelesen habe, was ein Gegenargument ist. Warum spricht man nie von denen? Oder von den Kanadiern? Als ich in Kanada war, fragte ich: Welchen Dichter haben Sie? Die Antwort war: Wir haben den Dichter Pratt. Der Name versprach nicht viel (Anm. d. Ü.: Borges bezieht sich hier offenbar auf das englische Verb prattle, schwatzen). *Von ihm gibt es zwei Gedichte: eines auf die Eisenbahn von Toronto nach ich-weiß-nicht-wohin... (was kann man von einer Eisenbahnode erwarten?) Und das andere ist ein außergewöhnliches Gedicht, in dem er von einem Block, einem Stück Eis, spricht. Ich sagte: «Und?» «Nun ja», antwortete man, «andere Dichter hätten von den verschneiten kanadischen Wäldern gesprochen, aber er wendet sich konkret an einen Eisblock, und das ist schon allerhand». Danach mußte ich mich wohl damit zufriedengeben, daß das Verfassen eines konkreten Gedichts genügt. Aber ich finde es auffallend, daß die USA, in New England, nahe der Grenze zu Kanada, Leute wie Emerson, wie Melville, wie Henry James hervorbrachten, und nebenan, in Kanada, wurde nichts produziert, außer, wie Kipling sagte, ein Land mit mehr*

Ordnung und, vielleicht, mit wesentlich mehr Kultur als die USA. Natürlich, eine Zivilisation hervorzubringen, ist eine ganze Menge, aber es ist nicht aufregend. Ein zivilisiertes Land ist einem barbarischen überlegen, aber es kann uninteressant sein.

Würden Sie gern etwas sein, oder etwas tun, was Sie bis jetzt nicht getan haben?

Ich wäre gern ein Tatmensch gewesen, wie meine Vorfahren. Leider muß ich gestehen, daß ich nicht 1874 im Gefecht von La Verde umgekommen bin, und ich habe auch die Horden von Rosas nicht geschlagen, wie mein Urgroßvater Suárez. Keine dieser Dinge habe ich zuwegegebracht, wie ich auch nicht an der Revolution des Jahres 1890 teilgenommen habe, weil ich nämlich erst neun Jahre später geboren wurde...

Mir fällt ein, daß ich Sie einmal fragte, wer Sie lieber gewesen wären, wenn Sie hätten wählen können – der Hl. Isidor von Sevilla oder Harald...

Aber wenn ich Harald Hardrada gewesen wäre, dann wäre ich ja jemand anders gewesen; dagegen bin ich, wenn auch nicht der Hl. Isidor von Sevilla, so doch sozusagen aus der Familie... Ich will damit sagen, ich interessiere mich für Ethymologien, für die Sprache, d. h., da gehöre ich hin. Wenn ich dagegen ein Mann der Tat geworden wäre, wie einige meiner Ahnen, wäre das zwar interessant, aber das Wünschen ist etwa so, als wenn man sagt: Wie schade, daß ich als Mensch und nicht als Tiger geboren bin! Ich kann mir vorstellen, daß ein Leben der Tat interessanter für den sein kann, der es studiert, als für den, der es lebt. Ein Mann der Tat muß...

...die Routine der Taten leben.

Und er lebt von recht vergänglichen Gegenwarten, wie es alle Gegenwart ist. Er muß Entscheidungen treffen, sie durchführen. Vielleicht wird ein Historiker das Leben Haralds besser verstehen als er selbst, der einfach nur lebte. Vielleicht empfinden wir Unaktiven, die wir fremde Leben stellvertretend leben, sie mehr als sie, die sie lebten. Für sie muß es eine Art Schwindel aus gegenwärtigen Augenblicken gewesen sein; sie haben vielleicht niemals das Muster gesehen, das dieses Leben bildet.

Sie konnten das nicht auskosten.

Ich glaube nicht. Natürlich wäre es schön, zu denken: «Ich befehligte einen Reiterangriff», wie mein Urgroßvater, obwohl für ihn dieser Augenblick so gewesen sein mag, als wenn jemand rasch eine Straße überquert, oder der Augenblick, in dem jemand im Zorn einem andern eine Ohrfeige gibt. Vielleicht hat er diesen Augenblick in der Erinnerung auch vergrößert und gedacht «damals war ich der Held des Tages», aber während der Tat dachte er daran nicht, und sie war ihm möglicherweise später ebenso fern wie mir.

Musik, Malerei, Tod

Welcher Musiker interessiert Sie?

Ich weiß nicht, ob ich ihn nennen darf, denn ich verstehe ihn nicht: Brahms. Ich glaube, es ist die einzige Musik außer den Milongas, *oder den* Spirituals *oder dem* Cante Jondo, *die mich bewegt. Zugleich bin ich mir bewußt, daß ich kein Recht habe, sie zu bewundern.*

Wieso?

Weil ich auf die Frage, worin sie sich von anderen unterscheidet oder worin sie besteht oder auf welchen Theorien sie basiert, nichts zu sagen wüßte. Ich empfinde sie körperlich, aber vielleicht ist das das Wichtige, und vielleicht ist das auch die Definition von Poesie, das, was man unmittelbar als Dichtung empfindet, wenn man sie hört. Ich höre ständig solche Poesie auf der Straße. Die alltäglichsten und gewöhnlichsten Leute sagen wunderhübsche Sätze, ganz ohne es zu merken, ganz unschuldig.

Und hat Malerei Sie nie interessiert?

Doch, Rembrandt, Turner, Velázquez, Tizian haben mich sehr beeindruckt, auch einige Expressionisten. Dagegen andere, die man bewundern muß, wie El Greco, überhaupt nicht. Der Begriff, den er vom Himmel hatte, voller Bischöfe, Erzbischöfe, Mitras, käme eher meinem Begriff von der Hölle näher ... Der Gedanke an einen kirchlichen Himmel erscheint mir schrecklich, an einen Himmel wie den Vatikan. Berührt Sie das unangenehm, wenn ich das sage? Aber Grecos Himmel war doch so, als ob er woanders sein wollte. Er hat ihn

98

vielleicht so gemalt, weil er Sehnsucht nach dem Fegefeuer oder nach der Hölle hatte. Im Fall Grecos kommt das daher, daß er an all diese Dinge nicht glaubte, man merkt die Gleichgültigkeit auf den Bildern. Er war sicher, daß es kein anderes Leben gäbe; also, «um sich gut mit dem Kommissar zu stellen» wie Macedonio Fernández sagen würde, hat er all diese Bischöfe gemalt.

Glauben Sie an ein anderes Leben?

Nein. Ich vertraue darauf, daß es kein anderes gibt, und ich hätte auch nicht gern ein anderes. Ich will ganz und gar sterben. Ich denke sogar nicht gern daran, daß man sich nach meinem Tod an mich erinnert. Ich hoffe zu sterben, mich zu vergessen und vergessen zu werden.

Was ist für Sie die Welt?

Für mich ist die Welt eine unaufhörliche Quelle von Überraschungen, Ratlosigkeiten, von Unglück auch, und manchmal, warum soll ich lügen, von Glück. Aber ich habe keine Theorie über die Welt. Meine Leser haben allgemein gedacht, ich verträte dieses oder jenes System, weil ich die verschiedenen metaphysischen und theologischen Systeme für literarische Zwecke verwendet habe, aber tatsächlich habe ich sie einzig und allein dafür benutzt, weiter nichts. Wenn ich mich festlegen müßte, würde ich mich als Agnostiker bezeichnen, d. h. als jemanden, der nicht glaubt, daß Erkenntnis möglich ist. Oder, höchstens, wie schon oft gesagt wurde, es gibt keinen einzigen Grund, warum das Universum von einem gebildeten Menschen des 20. Jahrhunderts oder irgendeines Jahrhunderts begriffen werden sollte. Das ist alles.

1 Argentinische Gaucho-Dichtung, die eine Vorstellung des *Faust* von Gounod in einem Theater von Buenos Aires um die Mitte des vorigen Jahrhunderts beschreibt.
2 Sammlung von Werken der Weltliteratur, die von der Tageszeitung *La Nación* herausgegeben wurde, deren Leiter eine der herausragendsten politischen und kulturellen Persönlichkeiten des Landes war: Bartolomé Mitre.
3 Zwei argentinische Romane aus dem vorigen Jahrhundert.
4 Provinz im Norden Argentiniens. Die spanischen Eroberer nannten eine ausgedehnte Region, die eigentlich die Grenzen des Inkareiches nach Süden bildete, Tucumán.

5 Argentinischer Dichter und Schriftsteller (1874–1938).
6 Einer der Herausgeber der literarischen Zeitschrift *Martín Fierro.*
7 Das Regierungsgebäude in Buenos Aires heißt *Rosa Haus.*
8 Bezieht sich auf Texte in der Art bestimmter Volkslieder aus der Pampa.
9 Einer der Hauptfriedhöfe in Buenos Aires.
10 Stadtteile und Vorstädte von Buenos Aires.
11 Argentinischer Schriftsteller, Freund von J. L. Borges.
12 Der mit «Mädel» wiedergegebene Dialektausdruck heißt *Percanta* und stammt aus dem *Lunfardó,* dem bonaerenser Unterweltdialekt. Anm. d. Ü.
13 Im Spanischen wird *Modernismus* eine literarische Schule genannt, die unter dem Einfluß des Symbolismus aufkam. In der Lyrik wurde sie durch Rubén Darío eingeführt.
14 Gauchoepos, von José Hernández, gewissermaßen das Nationalepos der Argentinier.
15 Figur aus der bonaerenser Unterwelt, Held fast aller Tangotexte.
16 Autoren von Gaucho-Dichtung.
17 Der berühmteste Sänger argentinischer Tangos.
18 Ein Gaucho-*Barde,* der mit Gitarrenbegleitung Verse improvisierte. Es gab Wettgesänge, die *payadas* genannt wurden. Die von Borges zitierten Verse stammen aus dem *Martín Fierro.*

Zeittafel

1899

Jorge Francisco Isidoro Luis Borges wird am 24. August als Achtmonatskind in Buenos Aires in der Calle Tucumán, zwischen den Straßen Suipacha und Esmeralda, geboren. (Die drei ersten Namen sind die seines Vaters und der Großväter; Luis, der seines Onkels Melián Lafinur, uruguayischer Rechtsgelehrter und Diplomat.) Vater: Jorge Guillermo Borges, Mutter: Leonor Acevedo Haedo. Großeltern väterlicherseits: Francisco Borges Lafinur, Frances Haslam Arnett (Engländerin). Großeltern mütterlicherseits: Leonor Suárez Haedo und Isidoro Acevedo Laprida. Der Vater war Rechtsanwalt und lehrte Psychologie in englischer Sprache im *Instituto del Profesorado de Lenguas Vivas*. Er schrieb einen Roman und Gedichte; häufig rezitierte er für seinen Sohn Gedichte auf Englisch; diese Sprache wurde im Hause, auf Betreiben der Großmutter, abwechselnd mit Spanisch gesprochen. Sowohl von väterlicher wie von mütterlicher Seite stammt er von Militärs ab, die an den Kämpfen um die iberoamerikanische Unabhängigkeit und den nationalen Aufbau Argentiniens teilnahmen.

1901

Am 4. März wird seine Schwester Norah geboren.

1906
Er schreibt seine erste Erzählung: *la visera fatal* (Die Schick-salsmaske), stark von Cervantes beinflußt, und einen engli-schen Text über griechische Mythologie.

1908
Borges übersetzt aus dem Englischen *Der glückliche Prinz* von Oscar Wilde. Nach erstem Schulunterricht, den eine englische Hauslehrerin erteilt, wird er in die 4. Klasse der staatlichen Grundschule eingeschult. Im Sommer verbringt die Familie die Ferien in dem nahegelegenen Ort Adrogué, der später einige seiner Erzählungen inspiriert hat. Auf einer Reise nach San Nicolás, einer Stadt 234 km nördlich von Buenos Aires gelegen, entdeckt er die Pampa.

1914
In Begleitung der Großmutter Haedo reist die Familie nach Europa. Man besucht Paris und läßt sich in Genf nieder, wo die Kinder fortan zur Schule gehen. Der Vater sucht Heilung für seine drohende Erblindung. Borges besucht das von Calvin gegründete Genfer Gymnasium. Während die Eltern auf einer Rundreise durch Deutschland sind, bricht der Krieg aus, und sie kehren zu ihren Kindern zurück. Ein Jahr später reisen alle zusammen durch Norditalien und lernen Verona, Mailand und Venedig kennen. Jorge Luis liest französische Autoren (Voltaire, Baudelaire, Flaubert, Rimbaud) ebenso wie englische (Carlyle, Chesterton).

1918
Die Großmutter Haedo stirbt. Die Familie zieht um nach Lugano. Borges lernt durch die Lektüre Heinrich Heines Deutsch und liest Schopenhauer, Meyrink und die expressio-nistischen deutschen Dichter. Abitur.

1919
Die Borges-Familie reist nach Spanien, zuerst nach Barcelo-na, dann nach Mallorca. In Palma schreibt Jorge Luis Borges zwei nie veröffentliche Bücher: *Rote Rhythmen* (Gedichte zum Lob der bolschewistischen Revolution) und *Die Tahur-Karten* (Erzählungen). Er studiert Latein und Arabisch. Der

Vater schreibt einen Roman mit dem Titel *Der Caudillo.* Die Familie fährt nach Sevilla und Madrid. Borges schließt sich der literarischen Bewegung des Ultraismus an, der sich vornehmlich in der Dichtung ausdrückte. Er arbeitet mit an literarischen Zeitschriften wie *Ultra, Grecia* und anderen. Er lernt Guillermo de Torre kennen, der später ein bekannter spanischer Literaturkritiker wird und Borges Schwester Norah in Buenos Aires heiratet. Borges liest Quevedo, Unamuno, Cansinos Assens und andere. Er lernt die wichtigsten spanischen Gegenwartsschriftsteller kennen: Ortega y Gasset, Valle-Inclán, Juan Ramón Giménez, und übersetzt die deutschen expressionistischen Dichter.

1921

Rückkehr nach Buenos Aires. Begeistert entdeckt Borges seine Stadt wieder. Zusammen mit andern jungen Schriftstellern gründet er die Zeitschrift *Prisma,* die von seiner Schwester illustriert wird, die sich zu einer Malerin mit eigenem Stil entwickelt. Aus dieser Zeit stammt sein *Ultraistisches Manifest,* das in der Zeitschrift *Nosotros* (Wir) veröffentlicht wird. Borges beginnt den Einfluß von Macedonio Fernández zu spüren, eines Freundes seines Vaters, Dichter und Schriftsteller, der einen paradoxen Humor im Stil Alfred Jarrys pflegt.

1922

Borges gründet mit Macedonio Fernández, Eduardo González Lanuza und andern jungen Autoren die Zeitschrift *Proa* (Der Bug).

1923

Erscheinen seines ersten Gedichtbandes: *Fervor de Buenos Aires;* neuerliche Reise der Familie nach Europa: London, Paris, Madrid, Mallorca und Südspanien.

1924

In Buenos Aires nimmt er die Arbeit an der Zeitschrift *Proa* wieder auf, nun zusammen mit Ricardo Güiraldes, Pablo Rojas Paz und A. Brandán Caraffa. Tätiger Mitarbeiter der Zeitschrift *Martín Fierro,* welche die wertvollsten Elemente der zeitgenössischen argentinischen Literatur sammelt.

1925
Lernt Victoria Ocampo kennen. Veröffentlicht *Luna de enfrente* (Gedichte) und *Inquisiciones*, einen Essayband, den der Autor nie wieder auflegen wollte.

1926
Noch ein Buch, das nicht wieder aufgelegt wurde: *El tamaño de mis esperanzas* (Maß meiner Hoffnungen), Essays.

1928
Heirat seiner Schwester Norah mit Guillermo de Torre. Borges veröffentlicht *El idioma de los argentinos* (Die Sprache der Argentinier), Essays, von denen er nur den Titelessay wieder zu veröffentlichen erlaubte.

1929
Veröffentlicht *Cuaderno San Martín* (Gedichte) und erhält dafür den zweiten städtischen Literaturpreis.

1930
Veröffentlicht *Evaristo Carriego*, eine Biographie und Untersuchung über einen bonaerenser Volksdichter. Die Schriftstellerinnen Victoria und Silvia Ocampo stellen ihm Adolfo Bioy Casares vor, der damals 17 Jahre alt ist. Er und Borges werden Freunde fürs Leben.

1931
Tritt dem Mitarbeiterstab der Zeitschrift *Sur* (Süden) bei, von Victoria Ocampo gegründet, einem Organ, das eine herausragende Tätigkeit für das intellektuelle hispanoamerikanische Leben entfalten sollte, denn zu seinen Mitarbeitern zählten die größten Schriftsteller der damaligen Zeit; sein Einfluß sollte fast vierzig Jahre lang bestimmend sein.

1932
Veröffentlichung von *Discusión* (Essays).

1933
Die Zeitschrift *Megáfono* widmet einen Teil einer ihrer Nummern der Analyse des Borges'schen Werks. Borges leitet die

literarische Beilage einer populären Abendzeitung, *Crítica*, in der er unter dem Pseudonym Francisco Bustos, dem Namen eines seiner Urgroßväter, Erzählungen veröffentlicht. Dort beginnt er auch mit der Veröffentlichung der Erzählungen, die später unter dem Titel *Historia universal de la infamia* herauskommen.

1936
Erscheinen von *Historia de la eternidad*, Essays. Übersetzt *Jacob's Room* von Virginia Woolf.

1937
Erscheinen von *Antología clásica de la literatura argentina*, unter Mitarbeit von Pedro Henríquez Ureña. – Übersetzung von Virginia Woolfs *Orlando*.

1938
Tod des Vaters durch Schlaganfall; er war die letzten Jahre blind. Borges muß die Stellung eines Gehilfen in einer städtischen Bücherei in einem entlegenen Viertel von Buenos Aires annehmen. Bei der täglichen Fahrt mit der Straßenbahn liest er Dantes *Divina Commedia* und Ariosts *Orlando Furioso*. Zu Weihnachten erleidet er einen Unfall, bei dem er mit dem Kopf an ein Fenster schlägt; es folgt eine Blutvergiftung, die ihn in Lebensgefahr bringt. Während der Genesung schreibt er, unter der Furcht, seine geistigen Fähigkeiten verloren zu haben, eine phantastische Erzählung: *Pierre Ménard, Autor des Don Quijote*. Sein Augenlicht beginnt sich deutlich zu verschlechtern.

1939
Erscheinen der ersten französischen Übersetzung eines Werkes von Borges: *L'Approche du Caché*, übersetzt von Néstor Ibarra in *Mesures*, Paris, 15. April.

1940
Adolfo Bioy Casares und Silvina Ocampo heiraten. Borges ist Trauzeuge. Die drei publizieren die *Anthologie phantastischer Literatur*.

1941

Erscheinen von *El jardín de senderos que se bifurcan* (Erzählungen); *Antología poética argentina* (mit Silvina Ocampo und Bioy Casares); er übersetzt *The Wild Palmes* von W. Faulkner und *Un barbare en Asie* von Michaux.

1942

Veröffentlichung, unter Mitarbeit von Bioy Casares, von: *Seis Problemas para don Isidro Parodi*, Kriminalgeschichten, unter dem Pseudonym H. Bustos Domecq. Weil Borges nicht den Nationalpreis der Literatur bekommt, veröffentlicht die Zeitschrift *Sur* als Entschädigung eine Sondernummer zu seinen Ehren, mit Beiträgen der wichtigsten argentinischen Schriftsteller der Gegenwart.

1943

Erscheinen des Bandes *Gedichte* (1922–1943), der die drei schon erwähnten Gedichtbände und die letzten, in *La Nación* und *Sur* veröffentlichten enthält. Unter der Mitarbeit von Bioy Casares veröffentlicht er eine Anthologie: *Die besten Kriminalgeschichten*. Übersetzt Kafka: *Die Verwandlung* und andere Erzählungen.

1944

Erscheinen von *Ficciones*. Der argentinische Schriftstellerbund stiftet den Großen Ehrenpreis speziell, um ihn Borges zu verleihen.

1945

Veröffentlicht unter Mitarbeit von Silvina Bullrich eine Anthologie von Texten argentinischer Autoren: *El Compadritó*. Der Widerstand gegen die peronistische Politik führt zum Hausarrest seiner Mutter und der Verhaftung seiner Schwester.

1946

Erscheinen von *Uno modelo para la muerté* und *Dos fantasías memorables*, unter Mitarbeit von Bioy Casares. In diesem Jahr übernimmt Perón nach seiner Wahl die Regierung, und Borges wird von dem Bürgermeister Emilio Siri seines Postens als Bibliothekar enthoben und zum Inspektor für Hühner, Hähnchen und Kaninchen auf den städtischen Märkten gemacht. Es ist eine kränkende Rache für seinen entschiedenen Widerstand gegen den Peronismus. Borges tritt zurück und beginnt im Britischen Kulturinstitut Vorträge zu halten, um sich seinen Lebensunterhalt zu verdienen. Das erste Thema behandelt orientalische Mystiker. Die Veranstaltungen werden von Polizisten oder Spitzeln des peronistischen Regimes überwacht. Es erscheint eine neue literarische Zeitschrift *Annalen von Buenos Aires*, und Borges wird zu ihrem Direktor ernannt. Während der zwei Jahre ihres Erscheinens kommen 23 Nummern heraus.

1947
Veröffentlichung von *Nueva refutación del Tiempo*.

1949
Veröffentlichung von *El Aleph* (Erzählungen).

1950
Borges wird zum Präsidenten der Argentinischen Schriftstellervereinigung gewählt, die dem peronistischen Regime feindlich gesinnte Intellektuelle sammelt. Er übt dieses Amt bis 1953 aus; leitet den Lehrstuhl für Englische Literatur an der *Argentine British Cultural Association* und dem *Colegio Libre de Estudios Superiores* (Freies Kolleg für Höhere Studien). Viele Vorträge, immer unter Überwachung.

1951
Erscheinen von *La muerte y la brújula* (Erzählungen). In Mexiko erscheint *Antiguas literaturas germánicas*, unter Mitarbeit von Delia Ingenieros. Mit Bioy Casares veröffentlicht er einen zweiten Band der Anthologie *Die besten Kriminalgeschichten*. In Paris erscheint die Übersetzung von *Ficciones*, mit einem Vorwort von Néstor Ibarra.

1952
Erscheinen von *Otras inquisiciones* (Essays). Neue Auflage von *Die Sprache der Argentinier*, mit einem Vorwort von José Edmundo Clemente.

1953

Zusammen mit Margarita Guerrero veröffentlicht er den Essay *Martín Fierro*. Beginn der Veröffentlichung seiner *Gesammelten Werke* in Einzelbänden, besorgt von José Edmundo Clemente. Erster Band: *Die Geschichte der Ewigkeit*.

1954

Zwei weitere Bände der *Gesammelten Werke*: *Gedichte* (1923–1953) und *Historia universal de la infamia*. Leopoldo Torre Nilsson stellt den Film *Tage des Hasses* nach der Erzählung *Emma Zunz* her.

1955

Die Revolution der Befreiung verbannt Perón. Die neue Regierung ernennt Borges zum Direktor der Nationalbibliothek. Er wird zum Mitglied der *Academia Argentina de Letras* ernannt. Veröffentlicht mit Bioy Casares *Los orilleros, El paraíso de los creyentes* (beides Filmdrehbücher) und eine Anthologie: *Cuentos breves y extraordinarios*. Zusammen mit Luisa Mercedes Levinson veröffentlicht er *La hermana de Eloisa*, mit je einer Erzählung der beiden Autoren und einer gemeinsamen. Ein Essay mit Betina Edelberg: *Leopoldo Lugones*. Vierter Band der *Gesammelten Werke*: *Evaristo Carriego*.

1956

Ernennung zum Professor für Englische Literatur an der Philosophischen Fakultät der Universität Buenos Aires. Ernennung zum Dr. h. c. der Universität Cuyo (Mendoza, Argentinien). Nationaler Literaturpreis. Fünfter Band der *Gesammelten Werke*: *Ficciones*. Wegen seines abnehmenden Sehvermögens, das zu mehreren Operationen führt, wird ihm Lesen und Schreiben verboten, was bis zu ihrem Tod seine Mutter, danach Freunde für ihn übernehmen.

1957

Unter Mitarbeit von Margarita Guerrero erscheint in Mexiko das *Handbuch der phantastischen Zoologie*. Sechster und siebter Band der *Gesammelten Werke*: *Diskussion* und *El Aleph*.

1958

Eine neue Ausgabe seiner Gedichte erscheint im Verlag Emecé, die bis 1958 reicht. Angesichts der Schwierigkeiten, die ihm seine zunehmende Blindheit auferlegt, verfaßt er wieder Gedichte, die er auswendig lernen und danach diktieren kann. So erscheinen einige davon in den Zeitschriften *Sur* und *Davar*. In der Tageszeitung *La Nación* veröffentlicht er eines seiner besten Gedichte *Límites* (Grenzen).

1959

Sein Werk erweckt immer mehr Interesse und wird in viele Sprachen übersetzt. Er veröffentlicht weiterhin Gedichte und einige Kurzprosa, wie *El puñal* (Der Dolch).

1960

Erscheinen eines neuen Buches, Kurzprosa und Gedichte: *El Hacedor*, als neunter Band der *Gesammelten Werke*. Auch der achte Band wird veröffentlicht: *Otras inquisiciones*. Zusammen mit Bioy Casares wird die Anthologie *Das Buch von Himmel und Hölle* herausgegeben.

1961

In Formentor, Mallorca, wird ihm zusammen mit Samuel Beckett der Preis des Internationalen Velegerkongresses verliehen, der mit US$ 10.000 dotiert ist und seinen Namen weltbekannt macht. Bei seinem Besuch in Buenos Aires ehrt der italienische Staatspräsident Giovanni Gronchi ihn mit dem Titel des *Commendatore*. In der Zeitschrift *Sur* veröffentlicht er seine *Antología personal*. Eingeladen von der Universität Texas reist er am 10. September in Begleitung seiner Mutter in die USA. Es ist seine erste Begegnung mit diesem Land, in dem er zahlreiche Vorträge hält. Er bleibt sechs Monate und besucht Neu Mexico, San Francisco, New York, Neu England und Washington.

1962

Am 25. Februar kehrt er nach Buenos Aires zurück. Mit einem feierlichen Akt empfängt ihn die Argentinische Literaturakademie. Die französische Regierung unter General de Gaulle verleiht ihm, zusammen mit Victoria Ocampo, auf Anraten von André Malraux, den Orden des *Commandeur de l'Ordre des Lettres et des Arts*, der vom französischen Botschafter in Buenos Aires überreicht wird. Uraufführung des Films *Hombre de la esquina rosada* nach der gleichnamigen Erzählung, unter der Regie von René Mugica.

1963
In Begleitung seiner Mutter reist er, von verschiedenen Kulturinstitutionen eingeladen, nach Europa. Vom 30. Januar bis zum 12. März besucht er Madrid, Paris, Genf, London, Oxford, Cambridge, Edinburgh, wo er Vorträge hält. Bei seiner Rückkehr verleiht ihm der *Fondo Nacional de las Artes* seinen Großen Preis.

1964
Auf Einladung des *Kongresses für die Freiheit der Kultur* besucht er die Bundesrepublik Deutschland und nimmt in Berlin in Begleitung von María Esther Vázquez an einem internationalen Schriftstellerkongreß teil, dem unter anderem Guimaraes Rosa, Miguel Ángel Asturias, Eduardo Mallea und Günter Grass angehören. Die UNESCO lädt ihn zusammen mit Giuseppe Ungaretti ein, an der Feier zu Ehren Shakespeares in Paris teilzunehmen, wo er den Vortrag *Shakespeare et nous* hält. Danach reist er nach England, wo er für zwei Tage Gast von Sir Herbert Read ist, der ihn in das Münster von York führt, wo die Schwerter der alten dänischen Wikinger aufbewahrt werden. Eingeladen von seinem schwedischen Verleger und dem argentinischen Botschafter in Stockholm, besucht er diese Stadt und danach Kopenhagen. Auf der Rückreise lernt er Santiago de Compostela (Galicien, Spanien) kennen. Die Zeitschrift *Cahiers de l'Herne* widmet ihm eine umfangreiche Sondernummer.

1965
In Begleitung von María Esther Vázquez reist er nach Peru. Vorträge in Lima, Besuch von Macchu Picchu. In Buenos Aires nimmt er verschiedene Ehrungen entgegen: Der Botschafter Großbritanniens überreicht ihm im Namen der Königin den *Order of Knighthood of the Very Distinguished Order of the British Empire*, Victoria Ocampo erhält den einer

Komturin. Der italienische Botschafter überreicht ihm die Goldmedaille des IX. Poesiepreises der Stadt Florenz, eine Auszeichnung, die ihm 1964 durch die *Societá Nationale Italiana Dante Alighieri* verliehen worden war.
Im November verleiht die peruanische Regierung ihm den Sonnenorden. Mit María Esther Vázquez veröffentlicht er eine durchgesehene und erweiterte Ausgabe der *Literaturas germánicas medioevales*. Mit ihr erscheint die *Einführung in die englische Literatur*. In Begleitung von Esther Zemborain reist er nach Kolumbien und Chile, auf Einladung der Universitäten beider Länder.

1966
Borges ordnet sein *Poetisches Werk* neu, so daß es jetzt die Jahre 1923–1966 umfaßt. Der Rat der Stadt Mailand ehrt ihn mit der Verleihung des IX. Internationalen Preises *Madonnina*. Die Ingram Merril Foundation, New York, verleiht ihm den mit US$ 5.000 dotierten Literaturpreis von 1965.

1967
Borges veröffentlicht die *Einführung in die nordamerikanische Literatur* (mit Esther Zemborain de Torres); *Crónicas de Bustos Domecq* (mit Adolfo Bioy Casares), humoristische Erzählungen, die Aspekte der Gegenwartskultur satirisch darstellen; *Para las seis cuerdas*, Verse im Stil der argentinischen Volkslieder, der *Milongas; El otro, el mismo*, neue Gedichtsammlungen (1930–1967). Am 21. September heiratet er Elsa Astete Millán, die er in seiner Jugend kennengelernt hatte und die er nun nach vielen Jahren als Witwe wiedersieht. Mit ihr reist er in die USA, wo ihn die Universität Harvard für das akademische Jahr 1967/68 zum Professor für Dichtkunst an der von der Charles Eliot Norton Foundation geförderten Fakultät ernennt. Besucht verschiedene Städte, um dort Vorträge zu halten. *Norte*, die spanischsprachige Zeitschrift von Amsterdam, Universität Leyden, publiziert eine Borges gewidmete Nummer.

1968
Im April kehrt er aus den USA zurück. In Boston wird er zum ausländischen Ehrenmitglied der *Academy of Arts and Scien-*

ces of the United States ernannt. Am 22. Mai überreicht der italienische Botschafter ihm die Insignien des Verdienstordens der Italienischen Republik als *Gran Ufficiale*. Veröffentlicht *Nueva Antología personal* und *Él libro de los seres imaginarios*, eine erweiterte Ausgabe des *Manual de zoología fantástica*. Hugo Santiago leitet die Produktion des Films *Invasion*, nach einem Drehbuch von Bioy Casares und Borges.

1969

Am 20. Januar ist er in Tel Aviv, wo er Vorträge hält. Seine Frau reist mit ihm. Er trifft sich mit Ben Gurión. In New York wird der Film *The Inner World of Jorge Luis Borges* uraufgeführt, ein Dokumentarfilm in Farbe von Harold Mantell. Die Universität Oxford macht ihn zum Dr. h. c. – Zu seinem 70. Geburtstag veranstalten die argentinischen Schriftsteller eine öffentliche Ehrung in der Hebräischen Gesellschaft in Buenos Aires. Im November strahlt das französische Fernsehen einen zweiteiligen Dokumentarfilm über Borges aus, hergestellt von André Camp und José María Berzosa. Weitere Reise in die USA in Begleitung seiner Frau: Am 5. und 6. Dezember findet für ihn eine Ehrenveranstaltung in der University of Oklahoma statt, die ihn eingeladen hatte. In der University of Georgetown, Washington, hält er eine Dichterlesung aus seinem Werk. Erscheinen eines neuen Buches mit Gedichten und Prosatexten unter dem Titel *Elogio de la sombra*.

1970

Borges übersetzt Walt Whitmans *Leaves of grass* und veröffentlicht einen neuen Erzählband *El informe de Brodie*. Beim Filmfestival in Venedig werden zwei Fersehfilme uraufgeführt: ein italienischer: *La estrategia de la araña* (Die Strategie der Spinne) von Bertolucci, mit Alida Valli; ein französischer: eine filmische Darstellung der Erzählung *Emma Zunz* von Alain Magrou. Am 22. August reist er nach Brasilien, um den Interamerikanischen Literaturpreis *Gouverneur des Staates Sao Paulo*, mit US$ 25.000 dotiert, in Empfang zu nehmen. Im Oktober stellt eine Weltumfrage des *Corriere della Serra* aus Mailand fest, daß Borges mehr Stimmen als Kandidat für den Nobel-Preis erhält als Solženicyn, dem die Schwedische Akademie den Preis zuspricht. Im gleichen Jahr läßt Borges sich von seiner Frau scheiden.

1971

Im März wird er von der *North American Academy of Letters* und dem *National Institute of Arts and Letters of the United States* zum Ehrenmitglied ernannt. Das italienische Fernsehen strahlt ein Interview mit Borges aus. Die Columbia University verleiht ihm den Dr. h. c., und Borges reist in Begleitung seines englischen Übersetzers Norman Thomas di Giovanni zur Verleihung. Im April nimmt er an dieser Universität an einem kulturellen Seminar teil, zusammen mit anderen lateinamerikanischen Schriftstellern. Von den USA aus reist er nach Island, und erfüllt sich damit einen alten Traum. Von dort fliegt er nach Israel, wo er am 19. April den Preis von Jerusalem in Empfang nimmt, mit US$ 2.000 dotiert, den früher schon Max Frisch, Bertrand Russell und Ignazio Silone erhalten hatten. Danach reist er nach Schottland; in Oxford empfängt er den Dr. h. c. und in London, vom British Institute of Contemporary Arts eingeladen, hält er im Mai vier Vorträge auf Englisch, die ein großer Erfolg werden. Zurück in Buenos Aires, veröffentlicht er als Einzelausgabe eine Erzählung *Der Kongreß*.

1972

Erscheinen eines neuen Buches in Prosa und Versen: *El oro de los tigres* (Das Gold der Tiger). Im März beginnt er einen Kurs über lateinamerikanische Literatur an der Universität New Hampshire in Durham. Er besucht Houston, Texas, wird von der University of Michigan zum Dr. h. c. ernannt. Einen Monat vorher, im Februar, Uraufführung in Turin von *Das Evangelium nach Borges*, Text von Domenico Porzio, nach einer Erzählung von Borges, dargestellt vom *Ständigen Theater* von Turin unter der Leitung von Franco Enríquez.

1973

Die Stadt Buenos Aires macht ihn zum Ehrenbürger. Am 22. April reist er auf Einladung des *Instituto de Cultura Hispánica* und der Argentinischen Botschaft in Madrid nach Spanien. In der *Real Academia Española* spricht er über sein

Werk. Das spanische Fernsehen strahlt ein Schauspiel über sein Werk aus.

Als die peronistische Partei die Regierung übernimmt, zieht er sich aus der Nationalbibliothek zurück und bittet um seine Pensionierung, die ihm gewährt wird.

Im Dezember reist er nach Mexiko, wo er den Preis Alfonso Reyes in Empfang nimmt. Er wird von Frau Claude Hornos de Acevedo begleitet.

1974

Im Mai erscheint in Mailand die prachtvollste Ausgabe, die bisher von einem Werk von Borges gemacht wurde. Es handelt sich um die Erzählung *Der Kongreß*, herausgegeben von Franco Maria Ricci, in der Samlung *I segni dell'uomo*, mit fünfzig Miniaturen aus der Tantra-Kosmologie illustriert: der gleiche Band, der auch auf Spanisch veröffentlicht wurde.

Im November ertrinkt seine Großnichte Angelica de Torre im Alter von fünf Jahren. Der tragische Unfall inspiriert Borges zu einem Sonett *In memoriam Angelica*, das er später in *La rosa profunda* aufnimmt.

1975

Im März erscheint *El libro de arena*, ein Band mit dreizehn Erzählungen und einem Nachwort.

In Italien beginnt der Verleger Franco Maria Ricci eine Sammlung unter dem Titel *La Biblioteca di Babele, phantastische Literatur*, unter der Leitung von Borges.

Am 8. Juli stirbt Borges' Mutter, Leonor Acevedo de Borges, im Alter von 99 Jahren. Im August erscheint *La rosa profunda*, mit sechsunddreißig Gedichten, einem Vorwort und Illustrationen von Horacio Butler. Im September reist er für eine Woche in die USA zu einem Besuch der University of Michigan. Ihn begleitet María Kodama. In Buenos Aires wird der Film *Él muerto* (Der Tote) nach der gleichnamigen Geschichte uraufgeführt, unter der Regie von Héctor Olivera. Erscheinen von *Prólogos* mit einem *Prolog zu Prologen;* in diesem Band sind 38 Prologe gesammelt, die Borges zu verschiedenen Werken verschiedener Autoren zwischen 1923 und 1974 geschrieben hat.

1976

Im April reist er nach USA, in Begleitung von María Kodama. Am 6. August veröffentlicht er in *The Times Literary Supplement* das Gedicht *La moneda de hierro*. Empfängt den Preis des *Clubs der Dreizehn* in Buenos Aires. Reist nach Chile und trifft Pinochet.

Am 6. August reist er nach Mexiko. Erscheinen von *La moneda de hierro* (Gedicht); Vorwort und Anmerkungen, illustriert von Antonio Berni. Außerdem wird *Qué es el budismo* verlegt, das Borges in Zusammenarbeit mit Alicia Jurado geschrieben hat. Ende August verleiht die chilenische Regierung ihm das Großkreuz des Verdienstordens Bernardo O'Higgins. Im September reist er nach Spanien.

1977

Am 19. April reist er auf Einladung von Franco Maria Ricci nach Paris, Genf, Venedig und Rom. In Mailand trifft er Eugenio Montale. Im Oktober kehrt er nach Paris zurück und nimmt an einer Veranstaltung zu Ehren von Ricardo Güiraldes teil. Vortrag an der Sorbonne, Borges eröffnet eine Ausstellung von Xul Solar. Reise nach Griechenland. Im November erscheint *Historia de la noche*, mit einunddreißig Gedichten. Das Buch wurde von Ricardo Supisiche illustriert. In Barcelona verlegt erscheint *Rosa y azul* mit zwei Erzählungen: *La rosa de Paracelso* und *Tigres azules*.

1978

Im Februar Reise nach Paris, wo er den Ehrendoktor der Sorbonne verliehen bekommt. Reise nach Genf und weiter nach Ägypten.

1979

Im Februar erscheint in den *Gesammelten Werken* der Band, der alle Werke vereint, die er zusammen mit anderen Autoren herausgegeben hat.

Im Mai Reise nach Paris, wo er an einer Veranstaltung der UNESCO zu Ehren von Victoria Ocampo teilnimmt, die am 30. Dezember 1978 gestorben war.

Im August wird er von der Bundesrepublik Deutschland mit der Verleihung des Großen Bundesverdienstkreuzes geehrt.

Ebenfalls im August erhält er einen Preis der Republik von Santo Domingo, aber sein schlechter Gesundheitszustand hindert ihn, die Ehrung persönlich in Empfang zu nehmen. Anläßlich seines 80. Geburtstages hält das Argentinische Kulturministerium im Nationaltheater Cervantes eine öffentliche Veranstaltung zu seinen Ehren ab, es sprechen die Schriftsteller Juan Liscano, Alicia Jurado und Manuel Mujica Láinez.

Am 4. September unterzieht sich Borges einem kleineren chirurgischen Eingriff mit Lokalanästesie, während dem er dem Chirurgen und seinem Team die Etymologie des Wortes *quirófano* (Operationssaal – *cheir*: Hand, und *phainein*: erscheinen) erklärt. In dieser Zeit sind seine Freunde Silvina Ocampo und Adolfo Bioy Casares fast ständig um ihn.

1980

Zusammen mit Gerardo Diego empfängt er in Madrid den Großen Preis der Real Academia Española und in Paris den Filmpreis Del Duca.

1981

Im März Reise nach Rom, wo er aus der Hand des italienischen Präsidenten Sandro Pertini den *Preis Balzac* empfängt, der ihm in Mailand, zusammen mit Hasyan Fathy und Enrico Bombieri, zugesprochen worden war.

Im Mai wird ihm in Mexiko der Preis *Ollin Yolizti* verliehen.

Im Juni reist er nach Cambridge, USA, und nimmt dort den Ehrendoktor der Harvard University in Empfang. Die gleiche Ehrung erhält er von der Universität von Puerto Rico.

Im Juli leitet er, auf Einladung des Rats der Stadt Mailand und seines italienischen Verlegers, Franco Maria Ricci, das Symposium *Il Labirinto*.

1982

Auf Einladung von *Internationes*, Bonn, besucht J. L. Borges die Bundesrepublik Deutschland. Seine Reise führt ihn nach Düsseldorf, Frankfurt, Stuttgart und München. Während seines Besuches trifft er einige befreundete Schriftsteller, wie z. B. Ernst Jünger, der in der Nähe von Stuttgart lebt, er hält zahlreiche Vorträge und gibt der Presse Interviews.

In München ist J.L. Borges bei der Präsentation seiner *Gesammelten Werke* in deutscher Sprache anwesend. Die *Gesammelten Werke,* nach jahrelanger Arbeit vom Carl Hanser Verlag, München, publiziert stellen eine große editorische Leistung dar.

Im gleichen Jahr beschließt auch der französische Verlag Pléiade, das Œuvre von Borges herauszugeben. Die *Gesammelten Werke* sollen bis 1985 vorliegen.

Borges unternimmt in diesem Jahr noch weitere Reisen, die ihn u. a. auch nach Island führen, einem Land, zu dem er eine besondere Beziehung hat.

1983

Im Januar überreicht der französische Staatspräsident Francois Mitterand Borges die *Cravatte de Commandeur de la Legion d'Honneur* für sein literarisches Wirken.

Im Frühjahr erscheint in der Edition Weitbrecht die Anthologie *Das Buch von Himmel und Hölle,* die Borges zusammen mit seinem Freund Adolfo Bioy Casares herausgegeben hat, in einer schönen, mit zahlreichen Illustrationen versehenen Ausgabe.

Unter der Regie von David Wheatley dreht die BBC in Uruguay einen Film über und mit Borges mit dem Titel: *Jorge Luis Borges and himself.* Leben und Werke von Borges sind nicht nur das Thema dieses Films, der Altmeister der phantastischen Literatur wirkt darin auch als Schauspieler: Er spielt sich selbst wie auch einige Gestalten seiner Erzählungen. Der Film ist ab Oktober in Europa zu sehen.

In der Edition Weitbrecht erscheinen, herausgegeben von Jorge Luis Borges, die ersten 15 der 30 Bände von *Die Bibliothek von Babel,* der persönlichen Bibliothek von J. C. Borges, in der er seine Lieblingswerke als Literat und Leser vereint. Für jeden einzelnen Band dieser Bibliothek hat J. C. Borges ein Vorwort geschrieben.

Weitere Reisen in die USA und nach Italien.

Bibliographie

Jorge Luis Borges im Carl Hanser Verlag

Gesammelte Werke in elf Bänden
Band 1: Gedichte 1923–1967. Herausgegeben und übersetzt von Gisbert Haefs. 1982.
Band 2: Gedichte 1969–1976. Herausgegeben und aus dem Spanischen übersetzt von Curt Meyer-Clason. 1980.
Band 3/I: Erzählungen 1935–1944. Nach der Übersetzung von Karl August Horst, bearbeitet von Gisbert Haefs. Mit einem Nachwort von Lars Gustafsson. 1981.
Band 3/II: Erzählungen 1949–1970. Nach den Übersetzungen von Karl August Horst und Curt Meyer-Clason, bearbeitet von Gisbert Haefs. Mit einem Nachwort von Stanislaw Lem. 1981.
Band 4: Erzählungen 1975–1977. Aus dem Spanischen von Dieter E. Zimmer. Mit einem Nachwort von Horst Bienek. 1982.
Band 5/I: Essays 1932–1936. Aus dem Spanischen von Karl August Horst, Curt Meyer-Clason, Melanie Walz. Nachwort von Iso Camartin. 1981.
Band 5/II: Essays 1952–1979. Aus dem Spanischen von Karl August Horst, Curt Meyer-Clason, Gisbert Haefs. Mit einem Nachwort von Michael Krüger. 1980.
Band 6: Borges und ich. Gedichte und Prosa. Nach der Übersetzung von K. A. Horst, bearbeitet von G. Haefs. Mit einem Nachwort von Claudio Magris. 1982.

Band 7: Buch der Träume. Aus dem Spanischen von Curt Meyer-Clason. Mit einem Nachwort von Caroline Neubaur. 1981.
Band 8: Einhorn, Sphinx und Salamander. Buch der imaginären Wesen. Aus dem Spanischen von Ulla de Herrera und Edith Aron. Bearbeitet und ergänzt von Dietmar Kamper. 1982.
Band 9: Borges über Borges. Herausgegeben von Curt Meyer-Clason. Aus dem Englischen von Christiane Meyer-Clason. 1980.

Borges und ich. Gedichte und Prosa. Übersetzung aus dem Spanischen von Karl August Horst. 1963.
David Brodies Bericht. Erzählungen. Aus dem Span. von Curt Meyer-Clason. 1972.
Buch der Träume. Aus dem Spanischen von Curt Meyer-Clason. Mit einem Nachwort von Caroline Neubaur. 1981 (Sonderausgabe von Band 7 der Gesammelten Werke). *Das Eine und die Vielen.* Essays zur Literatur. Aus dem Spanischen übertragen von Karl August Horst. 1966.
Einhorn, Sphinx und Salamander. Ein Handbuch der phantastischen Zoologie. Aus dem Spanischen übertragen von Ulla de Herrera. 1964 (1982 als Sonderausgabe von Band 8 der Gesammelten Werke).
Geschichte der Ewigkeit. Essays. Aus dem Spanischen von K. A. Horst. 1965.
Labyrinthe. Erzählungen. Übertragen aus dem Spanischen von Karl August Horst und anderen. Nachwort von Karl August Horst. 1959.
Lob des Schattens. Gedichte. Aus dem Spanischen von Curt Meyer-Clason. 1971.
Sämtliche Erzählungen. Das Aleph. Fiktionen. Universalgeschichte der Niedertracht. Aus dem Spanischen übertragen von Karl August Horst und anderen. 1970.
Das Sandbuch. Erzählungen. Aus dem Spanischen von Dieter E. Zimmer. 1977.
Der schwarze Spiegel. Erzählungen. Übersetzt aus dem Spanischen von Karl August Horst. 1961.

Jorge Luis Borges in der Edition Weitbrecht

J. L. Borges/A. Bioy Casares *Das Buch von Himmel und Hölle.* Aus dem Spanischen von Maria Bamberg. 1983.

Inhaltsverzeichnis

Vorwort von Martin Gregor-Dellin . . . 7
Die Bibliothek von Babel 15
25. August 1983 28
Die Rose des Paracelsus 36
Blaue Tiger 43
Utopie eines müden Mannes 60
Borges gleich Borges
Ein Interview von M. E. Vázquez 70
Zeittafel 101
Bibliographie 118

120